KB218997

바라바

바라바

페르 라게르크비스트 | 한영환 옮김

문예출판사

Barabbas

Pär Lagerkvist

차례

"당신께 내 영혼을 바칩니다."

— 본문 중에서

1

모두가 알고 있다. 그들이 십자가 위에 어떻게 매달려 있었는지, 또 그 사람의 주위에 모여 있던 사람들이 누구인지를. 그 사람의 어머니 마리아와 베로니카, 십자가를 대신 지고 왔던 구레네의 시몬, 그리고 그 사람에게 수의를 입혀준 아리마대의 요셉이 바로 그 주위에 모여 있던 사람들이었다. 그런데 언덕 아래 한쪽 편에 서서 십자가에 못박혀 죽어가는 세 사람 중에 가운데 십자가에 달린 사람만을 뚫어지게 쳐다보는 한 사내가 있었다. 사내는 그 사람의 단말마를 처음부터 끝까지 지켜보았다. 사내의 이름은 바라바. 이 책은 그에 관한 이야기다.

바라바는 30세가량 되어 보였으며, 건장한 체격에 살빛은 누르스름하고 검은 머리카락에 붉은 수염을 가졌다. 눈은 유난히 깊이 박혀 있어서 마치 숨고 싶어 하는 듯했다. 한쪽 눈 밑에서부터 수염 있는 데까지 깊은 흉터가 있었지만 이 흉터는 남자의 외모에 별 영향을 주지 않았다.

바라바는 총독 관저에서부터 내내 군중을 따라갔으나 다른 사람들보다 멀찍이 떨어져 있었다. 그 지친 스승이 십자가를 진 채 쓰러지자 바라바는 십자가를 멀리서 따라가려고 한참 동안 서 있었다. 병정들이 시몬이란 사람을 붙들어 대신 십자가를 지게 했다. 군중 중에는 당연히 있을 로마 병정 외에는 남자가 많지 않았다. 이 죄수를 따라가는 이들은 대부분 여자들과 장난꾸러기 아이들이었다. 아이들은 십자가에 못박힐 죄수가 거리를 지나갈 때면 구경하려고 따라다니곤 했다. 아이들은 곧 싫증을 느끼고 다시 저희들끼리 장난을 치기 시작했지만 그러면서도 다른 사람들 뒤에서 멀찍이 떨어져 걸어가는, 볼에 긴 흉터가 있는 사람을 힐끔힐끔 쳐다보는 것을 잊지 않았다.

이제 바라바는 가운데 십자가에 매달린 사람을 응시하면서 형장 언덕 위에 서 있었다. 그는 다른 데로 눈을 돌릴 수 없었다. 사실 그는 이곳에 오고 싶은 마음이 전혀 없었다. 이곳은 모든 것이 악령으로 더럽혀져 있기 때문이다. 누구라도 이 불길하고 저주받은 장소에 발을 들여놓으면 그의 일부는 분명히 이곳에 남게 되고, 다시는 이곳을 떠나지 못하게끔 끌려올지 모른다. 해골과 뼈다귀들이 반쯤 썩어 쓰러진 십자가와 함께 여기저기서 뒹굴었다. 한 번 사용한 십자가는 다시 쓸 수 없으므로 아무도 손을 대지 않아 그곳에 버려진 채 썩어갔다. 바라바는 왜 여기에 와 이렇게 서 있을까? 그는 십자가에 못박힌 저 사람을 모른다. 그와 아무 관계도 없다. 이제 석방된 그가 골고다에서 할 일이란 아무것도 없지 않은가?

십자가에 못박힌 사람은 고개를 떨구고 가쁘게 숨을 몰아 쉬었다. 이제 시간이 얼마 남지 않았다. 그 사람은 전혀 힘이 셀 것 같지 않았다. 몸은 마르고 가냘팠으며, 팔은 한 번도 일을 해보지 않은 것처럼 나약해 보였다. 이상한 사람이다. 소년처럼 수염도 별로 없고 가슴 패기에 털도 거의 없다. 바라바는 그 사람이 마음에 들지 않았다.

총독 관저의 뜰에서 처음 본 순간부터 바라바는 그 사람을 이상하다고 생각했다. 그러나 무엇이 이상한지 말할 수는 없었다. 단지 그렇게 느껴질 뿐이었다. 바라바는 이전에 그 같은 사람을 본 적이 없었다. 바라바가 그 사람한테서 이상한 느낌을 받은 것은 땅굴 감옥에서 막 나온 그의 눈이 빛에 적응하지 못했기 때문이기도 했다. 그래서 처음 보았을 때, 그 사람은 찬란한 빛에 싸여 있는 것처럼 보였다. 물론 그 빛은 곧 사라졌다. 바라바의 시력은 차차 정상으로 돌아왔고 관청 뜰에 홀로 서 있는 그 사람말고 다른 사물도 보게 되었다. 그러나 바라바는 여전히 그 사람에게 매우 이상한 무엇이 있다고 생각했으며 다른 사람들과 무엇인가 다르다고 생각했다. 그 사람이 자기처럼 죄수라는 것이 믿어지지 않았다. 더구나 사형을 당할 죄수라니 이해할 수 없는 일이었다. 어떻게 이런 재판을 할 수 있을까? 그 사람이 무죄라는 것은 분명했다.

그러나 그 사람은 십자가에 처형되려고 끌려갔으며 자신은 쇠사슬에서 풀려나 석방되었다. 바라바가 무엇인가를 해서 그렇게 된 일이 아니었다. 그것은 그들의 일이었다. 그들은 자기들이 내키는 사람을 선택할 자유가 있었다. 그래서 이렇게 되었을 뿐이었다. 두 사람 모두 사형 언도를 받았으나 한 사람은 석방하게 되어 있었다. 바라바도 자기가 뽑혔다는 사실에 무척 놀랐다. 그는 쇠사슬에서 풀려나 자유의 몸이 될 때 저쪽 사람이 병정들에 둘러싸여 벌써 등에 십자가를 지고 성문이 있는 통로로 사라지는 것을 보았다. 그는 텅 빈 성문 사이를 바라보며 한참 서 있었다. 그러자 경비병이 그를 밀면서 고함을 질렀다.

"거기 서서 뭘 멍청히 보는 거야? 여기서 나가! 넌 이제 석방이야!"

그제야 바라바는 정신이 들어 성문을 나왔다. 그는 십자가를 끌고 거리를 걸어가는 그 사람을 발견하고 그 뒤를 따랐다. 왜 그 사람을 따랐는지 바라바 자신도 몰랐다. 자기와는 아무런 관련이 없는 일인데 왜 여러 시간 동안 서서 십자가의 처형을, 저 긴 단말마를 지켜보고 있는지 모를 일이었다.

저 언덕 위 그 십자가 주위에 선 사람들은 여기에 꼭 올 필요가 있는 사람들이었다. 저 사람들은 스스로 바라지 않았으면 오지 않았을 것이다. 그 무엇도 그들을 저주받은 불길한 이곳에 강제로 오게 하지는 못했을 것이다. 그들은 분명히 그 사람의 가족이거나 친한 친구들일 것이다. 그렇지 않다면 저주받은 장소에도 개의치 않는 것은 이상한 일이다.

저 여자가 그 사람의 어머니가 틀림없어 보인다. 비록 그 사람과 닮지는 않았지만. 어느 누가 그 사람처럼 생길 수가 있을까? 그 여자는 엄하고 무뚝뚝한 농촌 아낙처럼 보였다. 그녀는 손등으로 계속 입과 코를 닦았다. 막 울음이 터질 지경이어서 콧물까지 흐르고 있었다. 그러나 통곡은 하지 않았다. 그녀는 다른 사람들과 같은 방법으로 애통해하지 않았다. 다른 사람들과는 다른 방법으로 그 사람을 보았다. 그러니까 그 여자는 그 사람의 어머니가 틀림없다. 그녀는 다른 사람들보다 훨씬 더 슬픔을 느끼는 데다가 그 사람이 거기에 매달려 있음을, 스스로를 십자가에 못박히게 했음을 책망하는 듯이 보였다. 그 사람이 선량하고 무죄처럼 보여도 이렇게 된 걸 보면 무슨 일을 저지른 것만은 틀림없었다. 그 여자는 그것을 인정할 수 없었다. 그녀는 그 사람의 어머니이므로 그 사람이 무죄임을 알고 있었다. 그 사람이 무슨 일을 하였어도 그녀는 그렇게 생각했을 것이다.

바라바는 어머니가 없다. 그리고 아버지도 없다. 바라바는 아버지에 관한 이야기는 한 번도 들어본 적이 없었다. 그리고 그가 아는 한 일가 친척도 없었다. 그러니 바라바가 십자가에 못박힐 운명이었다 해도 이곳까지 와서 눈물을 흘려줄 사람은 없었을 것이다. 결코 이와 같이 많지는 않았을 것이다. 여인들은 가슴을 치며 이러한 슬픔은 생전 처음 당한다는 듯이 오랫동안 통곡했다.

바라바는 오른편 십자가에 매달린 놈을 잘 안다. 바라바가 여기 서 있는 것을 안다면 그놈은 자기가 고통을 얼마나 잘 견디는지 지켜보려고 바라바가 여기 왔으리라고 생각할 것이다. 바라바가 이곳에 온 이유는 전혀 그런 것이 아니었다. 하지만 그놈이 처형당하는 광경을 보지 않을 수는 없었다. 사실 오른편 십자가의 그 악당은 죽어 마땅한 놈이었다. 그가 저질렀다고 알려진 죄목말고도 알려지지 않은 또 다른 것들이 있었다.

그런데 바라바는 왜 자기 대신 매달린 가운데 십자가의 그 사람을 보지 않고 이놈을 보는가? 그 사람 때문에 여기까지 오지 않았던가? 그 사람은 바라바를 이곳까지 끌고 왔다. 그 사람은 바라바에게 이상한 힘으로 작용하고 있었다. 힘이라고? 사실 아무 힘도 없어 보이는 사람이 바로 그 사람이었다. 십자가에 매달려서 그보다 더 비참해 보일 사람도 없을 것이다. 다른 두 죄수는 그렇게까지 비참해 보이지 않았다. 그들은 그 사람처럼 고통을 느끼는 것 같지 않았다. 그들에게는 분명히 힘이 남아 있었지만, 그 사람은 고개를 들 힘조차 없었다. 그 사람의 고개는 오른쪽 밑으로 축 처져 있었다.

그런데 그 사람이 고개를 조금 들었다. 털이 없는 홀쭉한 가슴은 여전히 헐떡이고 있었다. 그는 혀로 바싹 마른 입술을 핥으면서 목이 마르다는 듯이 분명치 않은 신음 소리를 냈다. 매달린 죄수들이 빨리 죽지 않아 지루해하던 병정들은 언덕 조금 아래쪽에서 주사위 놀이를 하고 있었기 때문에 물을 달라는 소리를 듣지 못했다. 그래서 그 십자가 곁에 있던 사람 하나가 병정들에게 이야기했다. 한 병정이 귀찮다는 듯이 일어나서 물통에 해면을 넣어 적신 후 작대기에 끼어 그 사람에게 주었다. 그러나 그 사람은 곰팡내나는 이 썩은 물을 맛보더니 먹으려 하지 않았다. 이 망할 놈의 병정은 그 자리에 선 채 그것이 재미있다는 듯 히죽거렸다. 그 병정이 동료들한테 돌아가자 다시 노름이 시작되고 지금 일어난 일을 두고 재미있다는 듯 다 같이 웃어댔다. 망할 놈의 새끼들!

십자가에 못박힌 그 사람은 점점 더 헐떡거렸다. 연고자들과 거기 모여 있던 사람들은 절망적인 눈으로 그 모습을 쳐다보았다. 이제 곧 숨을 거둘 것이 확실했다. 바라바는 빨리 끝났으면 좋겠다고 생각했다. 그러면 저 불쌍한 사람이 더는 고통을 겪지 않을 테니까. 빨리 끝나버려라! 바라바는 이 광경이 끝나면 곧 사라져서 다시는 이 일을 생각하지 않을 참이었다.

갑자기 태양이 빛을 잃은 듯 언덕 위가 온통 어두워졌다. 칠흑 같았다. 어둠 속에서 저 위에 매달린 그 사람이 큰 소리로 울부짖었다.

"나의 하느님, 나의 하느님, 왜 나를 버리시나이까?"

그 소리는 무섭게 들렸다. 이것이 무슨 뜻일까? 그리고 왜 이렇게 어두워졌을까? 대낮이었는데, 정말 알 수 없는 노릇이다. 세 개의 십자가가 위쪽으로 어렴풋이 보였다. 무시무시한 기분이 들었다. 정말 무서운 일이 일어나려는 듯했다. 병정들은 벌떡 일어서더니 무기를 움켜잡았다. 병정들이란 무슨 일이 일어나면 무기부터 찾는 법이다. 창을 들고 십자가 주위에 모여 선 병정들은 놀란 듯이 소곤 댔다. 병정들도 겁이 났구나! 이제 병정들이 웃지 못하는구나! 병정들도 물론 미신을 잘 믿는다.

바라바도 겁이 났다. 주위가 다시 밝아지면서 모든 것이 그럭저럭 원래대로 돌아오자 그는 안도감을 느꼈다. 마치 동틀 무렵처럼 서서히 밝아졌다. 햇빛이 언덕 위에 비치고 나무가 보이고 이제까지 조용했던 새들이 지저귀기 시작했다. 정말 동틀 무렵 같았다.

연고자들은 석상(石像)처럼 서 있었다. 이제 통곡 소리는 들리지 않았다. 그들은 꼿꼿하게 서서 십자가의 그 사람을 쳐다볼 뿐이었다. 병정들도 그랬다. 모든 것이 정지되었던 것이다.

바라바는 이제 가고 싶은 곳은 어디나 갈 수 있게 되었다. 이제 처형은 끝났고 햇빛은 다시 찬란해졌으며 모든 것이 전과 같아졌다.

그 사람이 숨을 거두었기 때문에 잠시 어두워졌을 뿐이다.

그렇다. 바라바는 이제 떠날 것이다. 물론 그는 떠날 것이다. 그는 여기 더 머무를 이유가 없다. 그 사람이 이제 죽었기 때문이 아니라 더는 볼일이 없기 때문이다. 바라바는 자리를 뜨기 전에 사람들이 그 사람의 시체를 십자가에서 내리는 것을 보았다. 그리고 두 남자가 시체를 깨끗한 삼베에 싸는 것을 눈여겨보았다. 그들은 백지장같이 하얀 시체를 아주 소중하게 다루었다. 시체에 상처를 입히거나 고통을 주지나 않을까 걱정하는 듯 조심스러웠다. 그 사람들의 행동은 참 이상했다. 어찌 되었든 이제 그는 십자가에 못박혀 죽은 몸이 아닌가. 그 사람들은 참 이상한 사람들이다. 그 사람의 어머니는 눈물이 마른 눈으로 아들의 시체를 내려다보았다. 거칠고 검은 얼굴을 가진 그녀는 슬픔을 표현할 길이 없는 듯했다. 다만 이 끔찍한 일을 이해할 수 없으며 결코 이 일을 용서할 수 없으리라는 것만이 드러났다. 바라바는 이제 그녀를 더 잘 이해할 수 있을 것 같았다.

슬픔에 잠긴 여인들이 수의를 입힌 시체를 들고 가는 남자들을 뒤따르다가 저만큼 떨어져 있는 바라바를 보았다. 한 여인이 그 사람의 어머니에게 바라바를 가리키면서 귓속말을 했다. 어머니는 잠깐 서서 체념하는 듯한, 원망하는 듯한 눈으로 바라바를 보았다. 바라바는 그 눈길을 평생 잊을 수 없을 거라는 예감이 들었다. 행렬은 골고다의 길 쪽으로 내려가다가 왼쪽으로 돌아섰다.

바라바는 사람들이 알아차리지 못하게 멀찌감치 떨어져서 따라갔다. 사람들은 조금 떨어진 뜰에 있는 바위로 만든 무덤에 죽은 사람을 넣고 그 무덤 옆에서 기도를 한 뒤 큰 돌을 굴려 입구를 막고는 가버렸다.

사람들이 돌아간 뒤에 바라바는 무덤 앞으로 가서 한참 동안 서 있었다. 그러나 기도를 하지는 않았다. 자신은 나쁜 짓을 한 놈이어서 하느님께서 기도를 받아주지 않을 거라고 바라바는 생각했다. 더구나 그는 죄를 속죄하지 않았다. 또한 죽은 사람을 모른다. 바라바는 무덤 앞에 잠시 서 있었을 뿐이었다. 그러고는 예루살렘을 향해 발길을 옮겼다.

2

　다윗의 문을 통과해서 거리를 좀 걸어가던 바라바는 언청이 처녀
를 만났다. 그녀는 집들의 벽 쪽으로 몸을 돌려 바라바를 보지 않는
척했으나 그는 그녀가 일부러 그런다는 것을 알고 있었다. 바라바
는 그녀가 다시는 그를 보지 못하게 되리라 생각했다는 것을 알 수
있었다. 아마도 그녀는 그가 십자가에 못박혀 죽었을 거라 생각했
는지도 모른다.

　바라바는 그녀를 따라갔다. 이렇게 해서 이들이 다시 만난 것이
다. 서로 만날 필요는 없었다. 그녀에게 말을 걸 필요도 없었다. 그
는 자기가 그녀에게 말을 건 것에 대해 스스로 놀랐다. 그가 보기에
는 그녀도 그랬다. 그녀는 바라바와 마주치자 수줍어하면서 그를
쳐다보았다.

　그들은 마음속 이야기는 하지 않았다. 바라바는 단지 그녀가 어

디로 가는지 물은 후 길갈의 소식을 아느냐고 다시 물었다. 그녀는
묻는 말에만 대답했는데, 언청이인 데다 늘 그랬듯이 말끝을 흐려
뭐라고 하는지 잘 알아들을 수가 없었다. 그녀는 목적지가 있어 가
는 것이 아니었다. 어디 사느냐고 물었는데 그녀는 대답하지 않았
다. 그는 그녀의 너덜너덜한 치맛단과 신발을 신지 않은 더러운 발
을 보았다. 대화는 중단되었다. 그들은 아무 말없이 나란히 걸어
갔다.

　문이 열린 어두운 집 안에서 소란스러운 소리가 들려왔다. 그들
이 문 앞을 막 지나가려 할 때 투실투실한 여자가 뛰어나오더니 바
라바를 향해 소리쳤다. 술에 취한 그 여자는 바라바를 보고 흥분하
여 팔을 흔들면서 좋아 날뛰더니, 바라바에게 들어오라고 했다. 그
는 망설였다. 이상한 친구가 옆에 있어 더 난처했다. 그러나 그 여자
가 그를 밀치는 바람에 결국 바라바와 언청이 처녀는 안으로 들어
갔다. 안에는 소리치면서 그를 환영하는 두 남자와 세 여자가 있었
으나 그의 눈이 어두운 집 안에 적응될 때까지 사람들의 얼굴은 보
이지 않았다.

　그들은 그에게 자리를 내주고 술을 따라주면서 모두 동시에 그의
석방에 관한 이야기를 꺼냈다. 그들은 한결같이 바라바 대신 다른
사람이 십자가에 못박혀 죽고 그가 풀려 나온 걸 두고 그가 억세게
운이 좋은 사나이라고 입을 모았다. 술을 진탕 마신 그들은 바라바
의 좋은 운을 나누어 갖고 싶다며 운이 그들에게도 전달되라고 바
라바의 몸을 만졌다. 한 여자는 바라바의 옷 속으로 손을 집어넣어
털이 수북한 그의 가슴을 만졌다. 그것을 본 투실투실한 여자는 깔

깔 웃어댔다.

　그들과 술을 마시면서도 바라바는 별로 말을 하지 않았다. 그의 아주 깊숙이 박힌 갈색 눈동자는 줄곧 앞만 바라보았다. 옆에 앉은 사람들은 그가 좀 이상해졌다고 생각했다. 물론 바라바가 가끔 그런 태도를 취하는 것을 알기는 했지만.

　여자들은 자꾸 술을 권했고 바라바는 마다하지 않고 계속 마셨으나 다른 사람들끼리 이야기하게 내버려두고 대화에는 끼지 않았다.

　옆에 앉은 사람들은 드디어 바라바에게 왜 그러느냐고 묻기 시작했다. 무슨 기분 나쁜 일이라도 있느냐고 물었다. 그러나 체격이 크고 살진 여자는 바라바의 목에 팔을 걸고 바라바가 땅굴 감옥 속에서 쇠사슬에 묶여 그렇게 오랫동안 반 죽어 있다가 나왔으니 좀 이상해졌을 법도 하다고 말했다. 그녀는 한 사람이 사형 선고를 받으면 그는 그것으로 이미 죽은 것이며, 그의 사형 집행이 중지되고 석방되더라도 죽은 것이나 다름없다고 말했다. 바라바는 이미 죽었는데 죽음에서 다시 소생하게 되었으니 우리와 같은 사람은 아닐 것이라는 얘기였다. 그녀의 말에 다른 사람들이 비웃자, 그녀는 화를 내면서 바라바와 언청이 처녀만을 남겨놓고 모두 밖으로 던져버리겠다고 호통쳤다. 그녀는 언청이 처녀에 대해서는 아무것도 몰랐다. 단지 좀 모자라 보이나 마음이 고울 것이라고 생각했다. 두 사내는 이렇게 떠드는 여자를 보고 배꼽이 빠져라 웃어댔다. 그러다가 조용해지더니 바라바에게 귓속말을 하기 시작했다. 그들은 오늘 밤 날이 어두워지면 곧 다시 산으로 들어간다고 했다. 그들은 염소 새끼를 제물(祭物)로 바치려고 시내에 내려왔는데, 접수가 되지 않아서 그것을 팔고 대신 점 없는 비둘기를 사서 제물로 바쳤다고 말했다. 그리고 쓸 돈도 있어 이 뚱보 여자 집에 와서 재미를 보고 있노라고 말했다. 그들은 바라바에게 언제 다시 산으로 올라오겠느냐고 물으면서 그들의 처소를 알려주었다. 그러나 바라바는 알았다고 고개만 끄덕일 뿐 대답하지 않았다.

한 여자가 바라바 대신 십자가에 못박혀 죽은 사람에 관해 이야기하기 시작했다. 그 여자는 그를 본 적이 있다고 말했다. 비록 그가 지나가는 것을 한 번 보았을 뿐이지만 그 사람이 성경을 잘 알았으며, 돌아다니면서 예언을 전하고 기적을 행한다는 얘기를 들었다고 했다. 그런 것은 죄가 될 수 없다. 그런 일을 하는 사람은 많았다. 그 사람이 십자가에 못박히게 된 데에는 분명 다른 곡절이 있을 것이다. 그녀에게 남아 있는 기억은 그 사람이 말라깽이라는 것뿐이었다. 다른 여자는 한 번도 그 사람을 본 적이 없으나 그가 신전(神殿)이 무너질 것이며, 예루살렘이 지진으로 파괴되고 하늘과 땅이 불에 타버릴 거라고 말하고 다닌다는 얘기를 들었다고 했다. 이것은 미친 소리다. 이런 말 때문에 그가 십자가에 처형되었다면 놀라운 일도 아니다. 그러나 또 다른 여자는 그 사람은 주로 가난한 사람과 함께 지내며 늘 가난한 사람들에게 천국에 들어가게 될 것이라고 약속했다고 말했다. 심지어 창녀도 천국에 들어갈 수 있다고 말했다는데, 이것이 그들에게 큰 관심을 끌었다. 그럴 리야 절대 없겠지만 만일 그것이 사실이라면 그것은 참 좋은 일이라고 그들은 생각했다.

바라바는 여자들의 말에 귀를 기울였다. 이제 그는 딴사람들처럼

웃음을 짓지는 않았지만 이야기에 점점 흥미를 느꼈다. 뚱보 여자
가 또 팔을 그의 목에 걸고 바라바 대신 죽은 사람이 어떤 놈이건 이
제 그는 죽었으니 알 바 없다고 말했다. 바라바는 움찔했다. 뚱보 여
자 말에 의하면 십자가에 못박힌 것은 그 사람이지 바라바가 아니
니 상관할 필요가 없다는 거였다.

언청이 처녀는 처음엔 웅크리고 앉아 눈앞에서 일어나는 광경에
아랑곳하지 않았으나 바라바 대신 죽은 사람에 관한 이야기가 나오
자 깊은 관심을 갖고 귀를 기울이더니 이제는 이상하게 행동했다.
공포에 질려 백지장 같은 얼굴을 한 그녀는 일어서더니 거리에서
만난 친구한테 목메인 소리로 외쳤다.

"바라바!"

이렇게 부른 일 자체에는 특별한 것이 없었다. 그녀는 단지 바라
바의 이름을 부른 것뿐이었다. 그러나 사람들은 그녀가 왜 이와 같
이 울부짖는지를 이해하지 못해 놀란 표정으로 그녀를 보았다. 바
라바도 이상해 보였다. 그는 누구와 시선을 마주치는 것을 피하고
싶어할 때처럼 눈을 연방 이리저리 굴렸다. 사람들은 그녀가 왜 이
러는지 알 수가 없었다. 어쨌든 상관없었다. 모르는 체하는 것이 상
책이니까. 바라바가 훌륭한 친구라는 점에 대해 누가 무어라 말하
는 것은 자유지만 그에게는 좀 이상한 데가 있었다.

언청이 처녀는 다시 흙바닥에 웅크리고 앉았으나 계속해서 뚫어
지게 바라바를 쳐다보았다.

투실투실한 여자는 가서 바라바에게 줄 음식을 가져왔다. 그녀는
바라바가 몹시 배고플 거라는 생각이 들었다. 아마 저 더러운 돼지

같은 자식들은 죄수들에게 먹을 걸 주지 않을 것이다. 그녀는 빵과 소금, 그리고 말린 양고기 한 점을 바라바 앞에 놓았다. 그는 조금 먹더니 벌써 배가 부르다는 듯이 남은 음식을 언청이 처녀에게 주었다. 그녀는 음식을 덥석 받더니 짐승처럼 삼켜버리고 곧 집 밖으로 뛰어나가 순식간에 사라져버렸다.

모두 그 여자가 어떤 여자냐고 물어보았으나 물론 대답을 듣지는 못했다. 이것이 바라바의 특징이었다. 그는 늘 그랬다. 그는 자기 자신의 일에 대해서는 이야기하지 않았다.

"그 설교사가 어떤 기적을 일으켰어? 그리고 그 사람이 무엇에 관해서, 뭐라고 설교했지?"

바라바가 여자들을 향해 물었다.

여자들은 그 자가 병자를 고치고 마귀를 쫓았다고 말했다. 또 죽은 사람을 되살렸다는 말도 있지만 아무도 그것이 사실인지 아닌지는 모른다고 말했다. 물론 사실이 아닐 것이다. 여자들은 그 자가 무엇에 관해 설교를 했는지도 몰랐다. 그러나 그중 한 여자가 기억이 정확치는 않지만 다음과 같은 이야기를 들었다고 말했다.

어떤 사람이 혼례식인가 뭔가 큰 잔치를 준비했으나 초대한 손님이 오지 않아 그 자가 거리에 나가 아무나 초대했더니 잔치에 들어온 것은 거지 아니면 옷도 못 입은 굶주린 미치광이들뿐이어서 주인이 화를 냈다던가 아니면 그래도 좋다고 했다던가 하는 내용이었다.

바라바는 줄곧 비상한 관심을 갖고 들었다. 마치 그 이야기들이 아주 특별한 일과 관계가 있는 듯이. 한 여자가 그 자도 자기가 구세주라고 생각하는 사람 중의 하나임에 틀림없을 거라고 말하자, 바라바는 붉은 수염을 쓰다듬으며 생각에 빠졌다.

"구세주라고? 그 사람은 구세주는 아니야."

바라바는 중얼거렸다.

다른 사내 하나가 말했다.

"물론 그가 구세주일 리는 없지. 그렇다면 놈들이 십자가에 못박아 죽이지 못했을 거야. 그놈들이 먼저 급살을 맞았을 테니까. 저년은 구세주가 무슨 뜻인지도 모르면서."

"당연히 아니지! 그렇다면 그 사람은 십자가에서 내려와 그놈들을 다 죽여버렸을 테지."

"구세주가 십자가에 못박혀 죽다니! 그게 말이 되나!"

바라바는 그의 큰 손으로 수염을 만지며 땅바닥을 내려다보고만 있었다.

"그 사람이 구세주일 리는 없다……."

"자, 바라바, 거기 앉아 중얼거리지 말고 한잔 마셔."

그의 동료 한 사람이 그의 옆구리를 찌르면서 말했다. 동료가 감히 바라바의 옆구리를 찌른 것은 좀 이상한 일이었지만, 하여간 그랬다. 그러자 바라바는 잔을 들어 쭉 마시고는 멍청하니 잔을 다시 내려놓았다. 여자들은 다시 잔을 채워주며 그에게 마시라고 권했다. 술기운이 돌기 시작한 것은 사실이었으나 그의 생각은 아직 딴 데에 가 있었다. 그의 동료가 또 팔꿈치로 옆구리를 찔렀다.

"이봐, 한잔 마시고 기분 내! 아니, 거기서 나와 십자가 위에서 썩는 대신 친구들과 즐겁게 앉아 있는 것이 기쁘지도 않아? 이게 더

낫지? 여기서 더 재미를 봐야 되지 않겠어? 바라바, 그걸 생각해봐.
죽음을 면하고 지금 이렇게 살아 있잖아!"

"그래, 그래, 물론이지."

바라바가 대답했다.

"물론이지⋯⋯."

그런데 이것저것 이야기하는 도중에 바라바는 이상한 질문을 했
다. 그는 그들에게 오늘 한참 동안 햇빛이 없어지고 어두워진 것에
대해 어떻게 생각하느냐고 물었다.

"어두워지다니? 뭐가 어두워져?"

그들은 놀란 표정으로 바라바를 보았다.

"어두워지지 않았어. 어두워지다니? 언제?"

"12시쯤이야."

"뭐라고? 엉터리 소리 말아. 아무도 그런 건 못 봤어."

바라바는 못 믿겠다는 표정으로 한 사람 한 사람의 얼굴을 번갈
아가며 보았다. 그는 몹시 당황했다. 모두 그런 어둠을 보지 못했다
고 확언하고 있었다. 예루살렘 사람은 아무도 그 장면을 보지 못했
다는 것이다. 바라바 혼자 어둡다고 착각했던 것일까? 대낮에? 참
이상하다! 그러나 그가 착각했다면 그건 땅굴 감옥 속에 너무 오래
갇혀 있는 바람에 생긴 눈의 이상 때문이었을 것이다. 그럴지도 모
른다. 뚱보 여자는 바라바의 눈이 빛에 익숙지 않았기 때문일 것이
라고 말했다. 그녀는 그의 눈이 빛 때문에 잠깐 시력을 잃었던 것이
라고 주장했다.

바라바는 옆 사람들을 의심하는 눈으로 보았다. 그러다가 다시

안도를 느끼는 듯했다. 그는 허리를 좀 펴더니 손을 내밀어 잔을 잡고 쭉 들이켰다. 그러고는 잔을 상에 놓지 않고 술을 더 따르라고 내밀었다. 술은 곧 따라졌고 모두들 마셨다. 바라바는 이제 분명히 조금 전과는 다른 방법으로 술맛을 느끼기 시작했다. 그는 옆 사람들이 술을 권하면 전처럼 마셨고 술 때문에 점차 기분이 나아졌다. 그는 여전히 말을 잘 하지 않았지만, 감옥 생활에 관해 조금 이야기했다. 그는 감옥에서 죽어라 고생을 했다. 그러니 머리가 좀 이상해졌다 해도 새삼스러울 것이 없었다. 하지만 이제는 석방된 것이다! 그놈들한테 한번 붙들리면 벗어나기가 결코 쉽지 않은데 무척 운이 좋았던 것이다. 바라바는 유월절에 있을 십자가 처형을 기다렸는데, 유월절에는 보통 사형수 한 사람에게 특사를 베푸는 관례가 있었다. 그런데 여러 사람 중에서 그가 뽑히다니! 억세게 재수가 좋구나! 그도 그렇다고 생각했다.

동료들이 그를 밀거나 등을 두드리거나 씩씩거리면서 덮쳐와도 바라바는 웃음을 지은 채 그들과 잔을 나누었다. 술기운이 머리에 오르자 몸이 녹으면서 점점 더 기운이 솟았다. 몸에 열이 나자 옷을 벗고 그는 다른 사람들처럼 편안히 누웠다. 그는 분명히 기분이 좋은 것이었다. 가장 가까이에 있는 여자의 허리를 안고 끌어당겼다. 그 여자는 깔깔대며 그의 목에 매달렸다. 그러나 투실투실한 여자는 바라바한테서 그 여자를 떼어놓고 이제 자신의 애인이 원래대로 돌아왔다고 말했다. 감옥에서 지독한 고생을 한 그가 이제 회복되었다고 말이다. 그리고 다시는 어둠이니 뭐니 하는 바보 같은 환상을 가져서는 안 된다고 말했다. 그녀가 바라바를 끌어당기더니

26

쑥 내민 입술로 그의 얼굴을 애무하면서 쪽쪽 소리를 냈다. 그녀는 살진 손가락으로 목을 애무하고 다른 손으로는 붉은 수염을 만졌다. 그가 변화를 보이자 모두들 좋아했다. 그는 기분이 좋아져 있었다. 이제 그들은 마음을 툭 털어놓았다. 그들은 술 마시고 떠들며 모든 것에 의견의 일치를 보였다. 진탕 술을 마신 채 남녀가 서로 끌어안고 뒹구니 즐겁기만 했다. 여러 달 동안 술맛을 보지 못하고 여자를 안지 못한 사내들이 그 갈증을 한꺼번에 벌충하는 것이다. 그들은 곧 그들의 산으로 들어갈 예정이었다. 그들에게는 시간이 별로 남지 않았다. 그들은 지금 예루살렘에 발을 들여놓았음을 기념해야 했다. 또한 바라바의 석방을 기념해야 했다! 쓰고 독한 술에 취한 사내들은 투실투실한 여자를 제외한 다른 여자들을 하나씩 교대로 안쪽 커튼 뒤로 끌고 갔다가 얼굴이 벌게 가지고 씩씩거리며 나왔다. 그러고는 다시 술을 마시며 소란을 피웠다. 그들은 항상 그렇게 끝장을 보는 성질들이었다.

그들은 어두워지기 시작할 때까지 마냥 이렇게 시간을 보냈다. 이윽고 두 사내가 일어나서 가야 할 시간이라고 말했다. 그들은 염소 가죽을 등에 걸치고 그 안에 무기를 감추었다. 그러곤 잘 있으라는 인사를 하고 이미 어두워진 거리로 나갔다. 조금 뒤 취하여 녹초가 된 세 여자도 커튼 뒤로 가더니 금세 잠들어버렸다.

바라바와 뚱보 여자만이 남자 그녀는 우리도 이제 재미를 볼 때가 되지 않았느냐고 말했다. 그렇게 고생을 했는데 하고 싶지 않냐고 물었다. 여자 쪽은 오랜 감옥살이로 쇠약해진 데다 십자가에 못박혀 죽을 뻔한 이 사내가 아주 마음에 들었다. 그녀는 더울 때 이용

하곤 하는 종려나무 잎으로 만든 정자가 있는 지붕 위로 바라바를 이끌었다. 둘이 눕자 여자는 사내를 애무하기 시작했다. 곧 흥분한 사내는 뚱뚱한 여자의 몸을 결코 놓지 않겠다는 듯이 꽉 붙들고 뒹굴었다. 시간이 지나 밤이 깊어질 때까지 그들은 주위의 일을 의식치 못했다.

드디어 지친 여자는 바라바를 등지고 돌아눕더니 곧 잠들어버렸다. 땀에 젖은 여자 옆에 누운 바라바는 잠들지 않았다. 그는 정자의 지붕을 쳐다보면서 가운데 십자가에 매달린 사람을 생각하며 그 언덕의 처형장에서 일어났던 일을 떠올렸다. 그러자 자신이 본 어둠에 대해서 의구심이 들기 시작했다. 정말 그런 일이 일어났던 것일까? 아니 다른 사람들이 말하듯이 단지 그가 상상해낸 것은 아닐까? 이곳 사람들이 아무것도 모르고 있다면, 그 일은 골고다에서만 일어났던 것일까? 어쨌거나 그 언덕에는 분명 어둠이 드리웠고, 병정들도 겁을 내지 않았던가. 그러면 그 밖의 이런저런 일들은 모두 그가 상상해낸 것일까? 그렇지 않다. 그는 이렇게 상상해낼 수가 없다. 그는 이런 것을 상상해낼 줄 모르는 사람이다.

바라바는 십자가에 매달렸던 그 사람을 또 생각했다. 그는 잠이 오지 않아 뜬 눈으로 누워 있었다. 여자의 투실투실한 몸이 그의 몸에 닿아 있었다. 마른 종려나무 잎으로 된 지붕을 통해 하늘을 볼 수 있었다. 비록 별들은 보이지 않았지만 그것은 하늘임에 틀림없었다. 오직 어둠뿐이었다.

지금은 골고다뿐 아니라 모든 곳이 어둠에 덮여 있을 것이다.

3

다음 날 바라바는 시내를 여기저기 돌아다녔다. 그는 친구도 적도 많이 만났다. 대부분의 사람들은 바라바를 보고 의외라는 듯 바라보았으며 한두 사람은 유령을 본 것처럼 화들짝 놀랐다. 바라바는 사람들이 자기를 보고 놀라는 것이 언짢았다. 그가 석방된 것을 모른단 말인가? 십자가에 못박혀 죽은 것이 바라바가 아니라는 사실을 사람들은 언제 인식하게 될까?

햇살이 따가웠다. 그의 눈은 그 빛에 쉽사리 적응하지 못했다. 땅굴 감옥에 갇혀 있는 동안 그의 눈이 정말 잘못된 것 아닐까? 어쨌든 그는 그늘로 들어가 걸었다. 신전으로 가는 거리의 주랑(柱廊)을 지나가던 그는 잠시 눈을 쉬려고 성문 밑에 앉았다. 퍽 기분이 좋았다.

남자 두어 명이 이미 벽 쪽에 웅크리고 앉아 있었다. 그들은 나지

막힌 목소리로 이야기를 나누고 있었는데 다른 사람이 온 것을 못마땅히 여기는 건지, 바라바를 곁눈질하더니 목소리를 더욱 낮추었다. 그들의 대화 중에서 한두 마디는 들을 수 있었으나 전체적 의미는 전혀 알 수가 없었다. 무슨 이야기를 하는지 몰라도 상관없었다. 남들이 무슨 비밀 거래를 하든 그가 관여할 바 아니었다. 그들 중 한 사람은 바라바와 비슷한 나이에 바라바처럼 붉은 수염을 길렀었다. 머리카락도 붉었는데, 제법 길어서 수염 있는 데까지 헝클어져 내려왔다. 그의 얼굴은 크고 통통했으며, 호기심 가득한 파란 눈은 순진한 인상을 주었다. 그는 모든 것이 컸다. 그는 아직 갈지 않은 다이아몬드 원석 같았다. 그의 손과 옷으로 보아 장인(匠人)이 분명했다. 그 사람의 직업이 무엇이며 용모가 어떻든 바라바에게는 상관없는 일이었다. 어쨌든 그 사람은 특별한 점 없이도 눈에 띄는 그런 종류의 사람이었다. 눈이 파랗다는 것 외에는 특별한 점이 없었지만, 눈에 띄었다.

몸집이 큰 사람은 당황하고 있었다. 사실 거기 있는 사람들이 모두 당황하고 있었다. 그들은 분명히 죽은 사람에 관한 이야기를 했다. 확실히는 몰라도 그런 이야기를 하는 듯했다. 그들은 모두 남자였지만, 가끔 크게 한숨을 쉬었다. 그런데 그들이 정말 죽은 사람에 대해서 이야기하는 것이라면, 누군가의 상(喪) 때문에 그러고 있다면, 왜 여자들이나 직업적으로 통곡하는 사람들에게 추도를 맡기지 않을까?

갑자기 바라바에게 그 죽은 사람이 십자가에 못박혀 죽었다는 말이 들려왔다. 그리고 그것이 어제 일어난 일이라는 것도 알게 되었다. 어제라니?

바라바는 귀를 기울였다. 그러나 그들이 말소리를 다시 낮추는 바람에 전혀 들을 수가 없었다.

저 사람들이 이야기하는 사람은 누구일까? 거리에는 사람들이 지나가고 있어 한마디도 들리지 않았다. 그러다가 주위가 다시 조용해졌을 때, 바라바는 짐작했던 대로 그들이 이야기하는 사람이 바로 그 사람임을 분명히 알게 되었다. 자기 대신 십자가에서 못박혀 죽은 그 사람에 관해서 이야기를 하는 것이다.

참 이상하다. 바라바도 조금 전까지 그 사람에 대해 생각하고 있었다. 조금 전에 총독 관저의 뜰로 들어가는 성문 앞을 지나가다가 문득 그 사람 생각이 났던 것이다. 그 사람은 여기서 십자가를 이기지 못해 쓰러지지 않았던가. 그래서 바라바는 그 사람을 생각했다. 그런데 여기 앉아 있는 사람들이 바로 그 사람에 관해 이야기하다니. 참 이상한 일이다. 그 사람과 무슨 관계가 있는 사람들일까? 왜 이 사람들은 계속 목소리를 낮추고 이야기하는 것일까? 가끔 들리는 것은 붉은 머리에다 몸집이 큰 사람의 목소리뿐이었다. 몸이 커서 그런지 속삭이는 듯한 목소리라도 간혹 들려왔다.

이 사람들도 그 어둠에 대해서 이야기할까? 그 사람이 죽을 때 어두워진 일에 대해서도 이야기할까?

바라바가 아주 열심히 들으려고 했기 때문에 그 사람들이 눈치를 챈 것 같았다. 갑자기 다들 말을 뚝 그치더니 한참 동안 한마디도 하지 않고 앉은 채로 바라바를 힐끔힐끔 곁눈질했다. 그러다가 그들은 서로 뭐라고 속삭였는데, 바라바에게는 들리지 않았다. 그리고

좀 있다가 몸집이 큰 사람만 남고 나머지는 가버렸다. 네 사람이었
는데 바라바는 그들의 용모가 모두 마음에 들지 않았다.

바라바는 몸집이 큰 사람과 단둘이 남게 되었다. 바라바는 그 사
람에게 말을 걸고 싶었으나 어떻게 말을 꺼내야 좋을지 생각나지
않았다. 몸집이 큰 사람은 입을 오므리거나 가끔 그의 큰 머리를 흔
들며 앉아 있었다. 순진한 사람들이 그렇듯이 그는 온몸으로 그의
걱정을 나타냈다. 바라바는 드디어 무슨 걱정이 있느냐고 말을 걸
었다. 그는 대답하지 않고 그의 둥근 눈으로 당황한 듯 바라바를 쳐
다보았다. 그러나 그는 낯선 사람을 잠시 자세히 보더니 예루살렘
사람이냐고 물었다. 바라바는 아니라고 대답했다.

"말씨로 보아 예루살렘 사람 같아 보이는데?"

몸집이 큰 사람이 묻자 바라바는 그의 집은 여기서 멀지 않은 동
쪽 산 속에 있다고 대답했다. 그랬더니 그 사람은 다행이라는 표정
이었다. 그는 여기 예루살렘 사람을 조금도 믿지 않는다고 말했다.
그는 예루살렘 사람들의 대부분이 날강도이거나 깡패라고 확신했
다. 바라바는 웃음을 지으면서 그 사람의 말에 맞장구를 쳤다. 그렇
다면 자신은 어떤가? 그 자신은? 몸집이 큰 사람은 그의 집이 여기
서 아주 멀리 떨어져 있다고 말했다. 그의 어린아이와 같은 눈은 그
의 집이 얼마나 먼 곳에 있는지를 표현하려고 애썼다. 그는 고향에
가고 싶다고 말하면서 바라바에게 묘하게 속내를 털어놓았다. 그러
나 그는 그가 말한 것처럼, 그의 생각처럼 고향에 돌아가 살다가 거
기서 죽게 되리라고는 생각하지 않았다. 바라바는 이해가 잘 되지
않았다.

바라바가 물었다.

"왜 고향에 못 갑니까? 누가 못 가게 하나요? 왜 자기 마음대로 못 합니까?"

"아, 그런 게 아니라……."

몸집이 큰 사람이 생각에 잠겨 말했다.

바라바는 그렇다면 여기서 무슨 일을 하느냐고 묻지 않을 수 없었다. 몸집이 큰 사람은 곧 대답하지 않고 그의 스승 때문이라며 알 수 없는 말을 했다.

"스승이라니요?"

"'스승'에 관한 이야기를 듣지 못했소?"

"못 들었소."

"저기, 어제 골고다에서 십자가에 못박혀 죽은 사람에 관해서 전혀 못 들었단 말이오?"

"누가 십자가에 못박혀 죽었나요? 왜요?"

바라바는 금시초문인 듯 반문했다.

"그런 일이 있을 것이라고 예정되어 있었기 때문이오."

"예정되었다니? 그 사람이 십자가에 못박혀 죽게끔 예정되었단 말이오?"

"그렇소. 성경에 그렇게 적혀 있고 또 '스승'께서도 직접 그것을 예언하셨고."

"그래요? 성경에 그런 말씀이 나와 있소?"

바라바는 사실 성경도 잘 몰랐고 그런 예언도 알지 못했다.

"나도 성경을 잘 모르오. 하지만 그렇게 말씀하셨소."

바라바는 이것을 의심하지 않았다. 그러나 저 사람의 스승이 십자가에 못박혀 죽어야 했다니, 도대체 그게 무슨 뜻일까? 바라바로서는 전혀 짐작도 할 수 없는 일이었다.

"나도 그 점은 잘 모르겠소. 그분이 죽지 않으면 안 되는 이유는 좀 이해하기 힘듭니다. 더군다나 그렇게 끔찍한 방법으로 죽어야 하다니. 그러나 그것은 그분이 예언한 대로요. 이것은 예정대로 되지 않을 수 없는 일이오."

몸집이 큰 사람이 그 큰 머리를 떨구면서 덧붙였다.

"그분께서는 우리 대신 고통을 받으며 죽게 될 거라고 아주 여러 번 말씀하셨소."

바라바는 그를 쳐다보았다.

"우리 대신 죽는다고!"

"그렇소, 우리 대신. 죄가 없지만 우리를 대신해서 고통을 받고 죽었소. 당신도 우리가 죄인이라고 생각하겠지만, 그분은 죄가 없소."

바라바는 그 자리에 앉아 거리를 응시하면서 한동안 입을 열지 않았다.

"이제 그분이 말한 것을 예전보다 더 잘 이해하게 되었지."

저쪽 사람이 혼잣말을 했다.

"당신은 그 사람과 잘 아는 사이요?"

바라바가 물었다.

"그렇소, 아주 잘 알지. 아주 잘 알았소. 그분이 우리들과 함께하기 시작할 때부터 나는 그분과 함께 있었소."

"그러면, 그 사람이 당신네와 한편이었소?"

"그리고 그 이후에는 내내 그분을 따라다녔지. 그분이 어디를 가든지 말이오."

"왜요?"

"왜라니? 무슨 질문이 그렇단 말이오? 당신은 그분을 모르는 게 분명하군."

"무슨 뜻이오?"

"그분은 사람에 대해서 힘을 갖고 있었소. 아주 대단한 힘이지. 그분이 누군가에게 나를 따르라 하고 말하면 그 사람은 따르지 않을 수 없소. 그저 그 말뿐인데도 그랬소. 그게 바로 그분의 힘이오. 당신도 그분을 만났더라면 그 힘을 경험했을 텐데. 당신도 따르지 않고는 못 배겼을 텐데."

바라바는 잠시 말을 못 하다가 입을 열었다.

"당신이 말한 것이 모두 사실이라면, 그 사람은 특별한 사람이오. 그렇지만 그 사람이 십자가에 못박혀 죽었다는 사실은 그 사람에게 특별한 힘이 없다는 것을 증명하는 것 아니오?"

"아니오, 그 점은 당신이 잘못 알고 있는 거요. 나도 처음에는 그렇게 생각했소. 난 참 멍청이였소. 내가 조금이라도 그것을 믿을 수 있었다면 얼마나 좋았겠소. 하지만 나는 이제 그 일을 여러 번 생각하고, 또 성경을 잘 아는 사람들과 이야기를 나누면서 그분의 수치스러운 죽음의 뜻을 이해하게 되었소. 말하자면 이런 거요. 그분은 비록 죄가 없지만 이 모든 것을 겪지 않을 수 없었던 거요. 그러니까 우리 대신 지옥에 내려갈 수밖에 없었던 거지. 하지만 그분은 죽음에서 다시 일어날 거요! 우리는 그걸 믿소."

"죽음에서 일어난다고? 그런 허무맹랑한 말이 어디 있소!"

"그렇지 않소. 그분은 꼭 부활하실 거요. 많은 사람들이 내일 아침이면 그렇게 될 거라고 했소. 내가 직접 듣지는 못했어도 그분께서 지옥에 3일 간 머물 거라고 말씀하셨다니까, 그분께선 그렇게 말씀하셨다면 내일 아침이면……."

바라바는 못 믿겠다는 표정을 지었다.

"못 믿겠소?"

"그렇소."

"못 믿을 거요, 당신이 어떻게 믿겠소? 그분을 모르고는 못 믿을 거요. 하지만 우리는 믿고 있소. 그분께선 죽은 사람을 다시 살려내기도 했는데 자기 자신이 죽음에서 못 일어날 이유가 어디 있겠소?"

"죽은 사람을 살렸다고? 에이, 그럴 리가 있겠소?"

"정말 살려냈소. 이 두 눈으로 똑똑히 봤다니까."

"그게 사실이오?"

"물론 사실이구 말구요. 그건 사실이오. 그래서 그분이 힘을 갖고 있다는 겁니다. 그분이 원하는 것은 무엇이든 다 할 수 있는 힘을 갖고 있다구요. 자신을 위해서 그 힘을 썼더라면…… 하지만 그분은 결코 그러지 않으셨소. 그런데 그런 힘을 갖고 있으면서 왜 십자가에 못박혀 죽었느냔 말이오? 아아, 그렇소. 그건 좀 이해하기 힘들 거요. 내가 똑똑치 못해 그걸 제대로 설명하기가 어렵구려."

"그 사람이 다시 살아나리라고 확신하는 거요?"

"물론 그렇소. 나는 사람들이 말하는 것이 사실이라는 것을 확신하오. 스승께서는 돌아오셔서 우리 앞에 나타나 그분의 힘과 영광을 보여주실 거요. 그 사람들은 나보다 성경을 더 잘 알아요. 그것은 위대한 시간이 될 거요. 새 시대가, '사람의 아들'이 그의 왕국을 다스리는 행복한 시대가 시작될 거요."

"사람의 아들이라니!"

"그렇소, 그분도 자신을 그렇게 불렀소."

"사람의 아들이라⋯⋯."

"그분은 그렇게 말했소. 하지만 어떤 이들은⋯⋯ 이건 말할 수 없군."

바라바는 그 사람 앞으로 바짝 다가섰다.

"어떤 사람들이 어떻게 믿는다는 거요?"

"그 사람들은, 그분이 하느님의 아들이라고 믿고 있소."

"하느님의 아들이라고!"

"그렇소⋯⋯ 하지만 그건 사실이 아닐 거요. 나는 그분이 예전과 같은 사람으로 되돌아왔으면 하고 바랄 뿐이오."

바라바는 상당히 흥분해 있었다.

"그 사람들은 어떻게 그런 말까지 하는 거요?"

바라바는 외쳤다.

"하느님의 아들이라니! 하느님의 아들이 십자가에 못박혀 죽다니! 그런 일은 있을 수 없다는 걸 당신도 잘 알잖소!"

"그러니까 나도 그렇지 않을 거라고 했잖소. 또 말하라면 또 하겠소."

"그런 말을 믿다니 미친 사람들이 아닌가?"

바라바의 목소리가 커졌다. 그의 눈 밑 상처도 빨갛게 달아올랐다. 흥분하면 그 흉터부터 빨개지곤 했다.

"하느님의 아들이라고? 절대 그럴 순 없지! 하느님의 아들이 이 세상에는 왜 내려오리라고 생각합니까? 그리고 당신네들 고향에서 설교를 하면서 돌아다녀요?"

"왜 그럴 수 없다고 생각하시오? 그럴 수도 있지 않소. 우리 고향 뿐만 아니라 어디서든지 그럴 수 있소. 우리 고향이야 확실히 보잘것 없는 곳이지만, 어디고 간에 그분이 시작한 데가 있었을 거 아니오."

그 몸집이 큰 사람이 너무나 말을 묘하게 하는 바람에 바라바는 웃음이 나왔다. 그러나 여전히 아주 흥분해 있었다. 그는 몸을 뒤틀어 가만히 있는 염소털 외투가 어깨에서 흘러내리기라도 한 듯 그것을 잡아당겼다.

"그러면 그분이 죽을 때 일어났던 이상한 일들을 생각해보시오." 몸집이 큰 사람이 말했다.

"이상한 일이라니?"

"그분이 죽을 때 주위가 온통 어두워진 걸 모르오?"

바라바는 눈길을 돌리고 잠깐 눈을 비볐다.

"그뿐이 아니라오. 땅이 진동하고 십자가가 섰던 골고다 언덕이 갈라졌소."

"그럴 리 없소. 모두 당신이 꾸며낸 이야기겠지. 땅이 갈라졌다는 것을 어떻게 알지? 그 자리에 당신이 있었단 말이오?"

그러자 몸집이 큰 사람의 표정이 급변했다. 그는 자신 없는 눈길로 바라바를 보더니 땅을 내려다보았다.

"아니오. 나는 거기에 없었소. 그래서 그것에 대해서는 모르겠소.

그 일에 대해 증언할 수 없소."

그는 더듬거렸다. 그는 한참 동안 말없이 앉아 있다가 큰 한숨을 토해냈다. 그러더니 바라바의 팔에 손을 얹고 말했다.

"사실은…… 스승께서 고통 속에서 죽어갈 때 나는 스승과 함께 있지 않았소. 나는 그때 달아나고 말았소. 그분을 버리고 나는 도망을 갔던 거요. 심지어 나는 그러기 전에 그분을 모른다고 말했소. 내가 미친 놈이지, 그분을 모른다고 했으니. 그분께서 돌아오신다면, 나를 용서해주실까? 뭐라고 말씀하실까? 그분께서 그 일을 물으면 뭐라고 대답하지?"

그러고는 털이 잔뜩 난 큰 얼굴을 손에 파묻고 흐느꼈다.

"내가 어떻게 그런 짓을 할 수 있었을까?"

마침내 고개를 들고 바라바를 쳐다보는 그의 파란 눈에는 눈물이 글썽거리고 있었다.

"당신은 내게 무슨 걱정을 하느냐고 물었소. 이제 알겠소? 이제 내가 어떤 인간인가 알겠소. 나의 주님, 나의 스승께서는 더 잘 알고 계시오, 나란 놈을. 나는 불쌍하고도 못난 놈이오. 그분께서는 날 용서하실까?"

그분께서는 용서할 거라고 바라바는 말했다. 그 사람이 말하는 것에 특별한 관심이 있어서 그런 것은 아니었다. 그저 긍정해주려고 그렇게 대답했으며, 나쁜 일을 한 것도 아닌데, 죄인처럼 스스로를 자책하는 이 사람이 마음에 들기도 했다.

"다른 사람을 조금도 실망시키지 않는 사람이 어디 있겠소?"

그 사람은 바라바의 손을 덥석 잡더니 힘주어 쥐었다.

"그렇게 생각하오? 당신은 정말 그렇게 생각하오?"

그는 목메인 소리로 같은 말을 되풀이했다.

그 순간 한 패거리의 사람들이 거리를 걸어가다가 붉은 머리를 한 몸집이 큰 사람을 보았다. 그리고는 그 사람이 손을 붙잡고 이야기하는 상대가 누구인가를 알자, 그들의 눈은 못 믿겠다는 듯이 휘둥그레졌다. 황급히 달려온 그들은 초라하게 차려입은 몸집이 큰 사람에게 좀 이상한 방법으로 경의를 나타내면서 외쳤다.

"도대체 이 사람이 누군지 알고 이러고 있는 거요?"

"누군지는 모릅니다."

그는 진실하게 대답했다.

"잘 모릅니다. 하지만 이 사람은 친절한 사람이오. 우리는 재미있게 이야기했어요."

"당신은 스승께서 이 사람 대신 십자가에 못박혀 죽은 것을 모른단 말이오?"

몸집이 큰 사람은 바라바의 손을 놓았다. 그는 당황한 기색을 감추지 못하고 이 사람 저 사람을 두리번거렸다. 그 패거리는 감정을 노골적으로 드러냈다. 그들은 흥분하여 가쁜 숨소리를 냈다.

바라바는 자리에서 일어날 수밖에 없었다. 그는 자기 얼굴이 보이지 않게 돌아서서 일어났다.

"이 악당아, 꺼져버려!"

사람들은 바라바에게 호통을 쳤다.

바라바는 외투를 걸치면서 뒤를 돌아보지 않은 채 거리를 걸어갔다.

4

언청이 처녀는 잠이 오지 않았다. 그녀는 누워서 별을 바라보며 곧 일어날 일을 생각해보았다. 결코 잠들어버리고 싶지 않았다. 이 밤을 지켜보고 싶었다. 그녀는 '분뇨의 문'* 밖 웅덩이에 나뭇가지와 짚을 깔고 그 위에 누웠다. 주위에선 병자들이 내는 신음 소리, 잠결에 움직이는 소리와 아픔 때문에 가끔 일어나서 거니는 문둥병자의 방울 소리가 들렸다. 큰 오물 더미에서 풍겨 나오는 악취가 온 계곡을 채워 숨쉬기가 힘들 정도였다. 그러나 그녀는 이런 냄새에 익숙해 있어 냄새를 느끼지조차 못했다. 여기에 사는 사람들은 아무도 냄새를 느끼지 못했다.

내일 아침 해 뜰 무렵…… 내일 아침 해 뜰 무렵…….

---

* 예루살렘 성의 오물들이 이 문을 통해 기드온계곡에 버려졌다.

참 이상한 생각이다! 곧 모든 병자들이 나을 것이며 굶주린 자들이 먹게 될 것이다. 이것은 참으로 믿기 어려운 일이다. 어떻게 이런 일이 있을 수 있을까? 그러나 곧 하늘이 열리고 천사가 내려와 사람들에게 음식을 줄 것이다. 적어도 가난한 사람들에게는 음식을 내려줄 것이다. 부자들은 계속 자기네 집에서 먹겠지만 가난한 사람들, 정말로 배고픈 사람들은 천사가 준 음식을 먹게 될 것이다. 그리고 여기 분뇨를 모아놓는 문 옆에는 옷들이 놓일 것이다. 하얀 삼베옷이 말이다. 그리고 각종 음식이 사람들 앞에 차려져 모두 함께 앉아서 먹게 될 것이다. 모든 것이 지금과는 많이 달라진다고 생각한다면 앞으로 닥칠 일이 그리 상상하기 힘들지도 않았다. 이제까지 본 것이나 경험한 것과는 아주 딴판이 될 것이다.

아마 그녀도 다른 옷을 입고 있을 것이다. 알 수 없는 일이다. 가능하면 흰 것이 좋겠는데, 혹시 남색 치마를 입게 될까? 모든 것이 완전히 달라질 것이다. 왜냐하면 하느님의 아들이 부활하고 새 시대가 시작되기 때문이다.

그녀는 이런 일을 상상하면서 모든 것이 어떻게 변할까를 생각했다. 내일…… 내일 아침, 해 뜰 무렵……. 그녀는 그것에 관한 소식을 듣게 된 것을 기쁘게 생각했다.

가까운 곳에서 문둥병자의 방울 소리가 들렸다. 그녀는 소리만 듣고도 그 소리의 임자를 알 수 있었다. 그는 밤에 가끔 여기까지 올라왔다. 물론 이것은 허락되지 않는 일이었다. 문둥병자들은 계곡의 제일 밑바닥에 있는 그들의 구역 밖으로 나오면 안 되었다. 그러나 그는 밤이 되면 이렇게 위험을 무릅쓴다. 그는 사람이 그리운 듯했다. 위험을 무릅쓰고 여기로 올라오는 것은 그 때문이라고 실은 그도 말했다. 그녀는 그가 잠자는 사람 사이로 어정어정 걸어오는 것을 별빛으로 볼 수 있었다.

죽음의 땅…… 죽음의 땅이란 어떤 것일까? 사람들은 지금 그분이 죽음의 땅을 헤매고 있다고 말한다. 죽음이란 어떤 것일까? 그녀는 알 수가 없었다.

늙은 장님이 잠꼬대를 했다. 그리고 저쪽에는 바싹 마른 젊은이가 숨을 헐떡였다. 그의 숨소리는 늘 들렸다. 그리고 그녀 가까이에는 갈릴레아 여자가 누워 있었다. 이 여자는 다른 사람의 혼을 뒤집어썼기 때문에 팔이 비틀어져 있었다. 그 외에도 그곳에는 샘의 진흙으로 자기 병을 고칠 수 있다고 생각하는 사람이 많았으며 쓰레기 더미에서 찾은 찌꺼기를 먹고 사는 거지들도 있었다. 그러나 내일이면 쓰레기를 먹으려고 서로 싸우지 않을 것이다. 그들은 잠결에 몸을 꼬고 있었다. 그러나 그녀는 이제 그들이 불쌍하다는 생각이 들지 않았다.

아마 천사가 입김을 불면 물이 맑아질 것이다. 그리고 그들이 그물 속으로 들어가면 정말 병이 나을 것이다. 아마 문둥병도 나을 것이다. 그러나 그들이 샘물로 들어가는 것이 허락될까? 정말 그들이 낫게 될까? 어떻게 낫게 될지 확실히 알 수 없다. 정말 누구도 정확히는 몰랐다.

아마 샘물에는 아무 일도 없을 것이며 아무도 그것을 개의치 않을 것이다. 아마 여러 천사가 게헤나계곡을 따라, 아니 온 세상을 날아다니면서 그들의 날개를 펄럭임으로써 질병과 슬픔과 불행을 씻

어버릴 것이다!

그녀는 누워서 아마 그렇게 될 거라고 생각했다. 그러다가 그녀는 하느님의 아들을 만났을 때를 생각했다. 그분이 그녀에게 얼마나 친절했던가를 생각했다. 그 누구도 그녀에게 그렇게 친절한 적이 없었다. 그녀는 그분에게 그녀의 기형을 고쳐달라고 부탁할 수도 있었으나 그녀는 그러고 싶지 않았다. 그분께서는 정말 도움이 필요한 사람을 도왔다. 그분의 행적은 아주 위대한 것이었다. 그녀는 별것 아닌 것을 가지고 그분을 귀찮게 하고 싶지 않았다.

그러나 어느 날 먼지 나는 길가에서 무릎 꿇고 있는 그녀에게 그분이 돌아서 걸어와 건넨 말은 참으로 이상한 말이었다.

"너도 나한테 기적을 바라느냐?"

그분이 물었다.

"주님, 아닙니다. 저는 그런 것을 바라지 않습니다. 저는 다만 주님께서 지나가시는 것을 보았을 뿐입니다."

그러자 그분께서는 사랑으로 충만한, 그러나 슬픔을 지닌 눈빛으로 그녀를 보면서 그녀의 볼을 쓰다듬어주고 그녀의 입에 손을 대었다. 그러나 아무 일도 일어나지 않았다. 그러더니 그분께서 말했다.

"너는 나를 증거할 것이다."

참 이상한 말이다. 이것이 무슨 뜻일까? 그분을 증거하다니? 내가? 믿을 수 없는 일이다. 어떻게 내가 그런 일을 할 수 있을까?

그분께서는 그녀가 한 말을 이해하는 데 전혀 어려움을 느끼지 않았다. 보통 사람들은 그녀의 말소리를 잘 알아듣지 못했지만 그분께서는 금방 이해했다. 그러나 그분이 하느님의 아들임을 안다면 그것은 놀라운 일이 아니다.

잠이 오지 않는 그녀에게는 오만가지 생각이 떠올랐다. 그분께서 그녀에게 말을 건넬 때 그분의 눈의 표정, 그리고 그녀의 입에 닿은 그분의 손에서 나던 체취…… 크게 뜬 그녀의 눈에는 별들이 반사되었다. 그녀는 하늘을 자세히 쳐다볼수록 별이 점점 더 많아지는 것을 참으로 이상하다고 생각했다. 한데서 살기 시작한 이래 그녀는 많은 별을 보았다. 별이란 무엇일까? 그녀는 알 수 없었다. 물론 별들은 하느님이 창조했겠지만, 그러나 그녀는 별이 무엇인지를 알 수 없었다……. 사막에는 많은 별들이 있다. 그리고 산 위에도, 길갈의 산 위에도 많은 별들이 있다……. 그러나 그날 밤에만은 별이 보이지 않았다. 그렇다. 그날 밤에는 별이 전혀 보이지 않았다.

그러다가 그녀는 두 서양삼나무 사이에 있던 집을 생각했다……. 욕설을 들으면서 그녀가 언덕길을 걸어 내려올 때 문간에 서서 그녀를 바라보던 어머니……. 그들이 그녀를 쫓아낸 것은 당연한 일이었다. 그녀는 우리 속의 짐승처럼 살지 않으면 안 되었다……. 그녀는 그해 봄에 들이 얼마나 파랬는지를 회상했다. 그리고 그녀의 어머니가 욕을 해댔던 남자들에게 들키지 않으려고 그늘진 문간에 서서 딸을 바라보던 일을 회상했다.

그러나 이제 그 일은 아무런 상관도 없었다. 이제 그녀를 괴롭히는 문제라곤 아무것도 없었다.

장님이 일어나 앉더니 귀를 기울였다. 잠에서 깨어난 장님은 문둥병자의 방울 소리를 들었다.

"이놈아 저리 가! 가버려! 여기서 뭐 하는 거야!"

장님은 문둥병자 쪽으로 주먹을 휘둘렀다.

방울 소리는 어둠 속으로 멀리 사라졌다. 노인은 중얼거리면서 다시 눕더니 손등으로 빈 눈 위를 덮었다.

아이들도 죽으면 죽음의 땅에 머무는 걸까? 그럴 것이다. 그러나 태어나기 전에 죽은 아기는 그렇지 않을지도 모르지. 그럴 수는 없지 않나? 아기들은 거기서 고통을 당할 수 없을 것이다. 그렇게 되지는 않을 것이다. 그러나 그녀는 확실히는 알 수 없었다. 사실은 아무것도 확실히 알 수 없었다.

"너희 육신의 열매는 저주를 받을지니……."

그러나 이제 새 시대가 시작되면 모든 저주가 저절로 없어지지 않을까? 아마 그렇게 될 것이다. 물론 확실히는 알 수 없지만.

"너희 육신의…… 열매는…… 저주를 받을지니……."

그녀는 오한을 느낀 듯이 몸을 떨었다. 그녀는 아침이 오기를 갈망했다. 이제 곧 아침이 되지 않을까? 그녀가 여기 누워 있은 지도 상당히 오래되었다. 이제 밤이 끝나지 않을까? 그렇다. 이제 그녀 위의 별들의 빛이 달라졌다. 초승달은 벌써 언덕 너머로 떨어졌다. 파수꾼이 마지막으로 교대되었다. 예루살렘 성곽 위에 횃불이 올라오는 것을 이제 세 번째 보았다. 그렇다. 밤이 끝났음에 틀림없다. 이 마지막 밤이…….

이제 올리브 산 위로 샛별이 떠올랐다. 그녀는 샛별을 곧 알아보았다. 그것은 크고 빛이 밝았다. 그것은 다른 별들보다 훨씬 컸다. 그러나 오늘은 샛별이 유난히 더 빛났다. 그녀는 누워서 손을 납작한 가슴 위에 얹고 열망하는 눈으로 샛별을 한참 동안 쳐다보았다. 그러다가 그녀는 황급히 일어나서 어둠 속으로 총총 걸어갔다.

바라바는 저쪽 무덤 건너편 길의 버드나무들 뒤에 쭈그리고 앉아 있었다. 날이 밝아지면 그는 건너편을 볼 수 있게 될 것이다. 여기서는 잘 볼 수 있을 것이다. 해만 뜬다면!

사실 그는 죽은 사람이 다시 살아나지 못할 것임을 알았다. 그러나 그의 눈으로 직접 확인하고 싶었다. 해뜨기 훨씬 전에 그가 여기 올라와 나무 뒤에서 기다리는 것은 그 때문이었다. 그렇기는 하지만 그는 자기가 여기에 올라와 있는 것을 깨닫고 스스로도 놀랐다. 여하간 그는 왜 이런 일에 이토록 관심을 가지는 걸까? 이게 정말 그와 무슨 상관이 있단 말인가?

바라바는 이 위대한 기적을 목격하려고 여러 사람이 여기에 올라올 줄 알았다. 다른 사람한테 보이지 않으려고 숨어 있는 이유도 바로 그 때문이었다. 그러나 아무도 나타나지 않았다. 이상한 일이었다.

그런데 바라바가 있는 곳에서 조금 떨어진 길에 누가 무릎을 꿇고 있는 것이 보였다. 누굴까? 언제 왔을까? 아무 소리도 듣지 못했는데……. 여자처럼 보이긴 했지만, 무릎을 꿇고 있는 그 검은 형체는 누구인지 전혀 알아볼 수 없었다.

그러나 곧 이어 밝아지더니 첫 햇살이 바위를 파서 만든 무덤 위에 비쳤다. 이 모든 일이 너무 갑자기 일어나 그는 좀처럼 정신을 차릴 수 없었다. 정신을 바짝 차리고 있어야 했는데! 무덤이 비어 있었다! 돌이 굴러 땅에 떨어졌고 바위 안은 텅 비었다!

그는 처음에는 그 광경에 너무나 현혹되어 빈 바위 구멍과 거기에서 굴러내린 큰 돌덩어리를 멍청히 바라만 보았다. 그는 사람들이 십자가에 못박혀 죽은 그 사람을 바위를 파낸 구멍에 넣고 큰 돌로 막아놓는 것을 자신의 눈으로 분명히 보았다. 그는 드디어 이것이 다 어떻게 된 일인지 깨달았다. 사실은 아무 일도 일어나지 않은 것이다. 돌은 그가 여기 오기 전부터 이미 굴려져 있었고 무덤도 그때는 이미 비어 있었다. 누가 돌을 굴렸는지는, 누가 시체를 가지고 갔는지는 짐작하기 어렵지 않은 일이었다. 제자들은 후에 그들의 '스승'께서 그의 예언대로 부활했다고 말하려고 어두운 틈을 타서 그들의 존경하고 사랑하는 '스승'을 가져갔을 것이다. 그리 어렵지 않은 일이다.

기적이 일어나야 할 이날 아침 해 뜰 무렵에 사람들이 여기에 오지 않은 이유가 바로 그 때문이구나. 이제 그들은 피해버리고 있구나!

바라바는 숨었던 곳에서 기어나와 무덤을 직접 조사해보러 갔다. 길에 무릎을 꿇고 있는 여자 옆을 지나가다가 언뜻 내려다보았더니 놀랍게도 그녀는 언청이 처녀였다. 바라바는 뚝 멈춰 서서 그녀를 내려다보았다. 굶주려서 핏기 없는 그녀의 얼굴은 빈 무덤 쪽을 향했으며, 환희에 찬 그녀의 눈에는 다른 것은 아무것도 보이지 않았다. 그녀의 입술은 열려 있으나 숨소리도 들리지 않았다. 그녀의 윗입술은 하얗게 보였다. 그녀는 그를 알아보지 못했다.

그런 그녀를 본 바라바는 수치심 같은 이상한 감정을 느꼈다. 그리고 회상하고 싶지 않은 그 어떤 일을 회상하게 되었다. 그때도 그녀의 얼굴은 지금과 같았다. 그러자 말할 수 없는 수치심이 느껴졌다. 그는 이 일을 잊으려 했다.

드디어 그녀는 바라바를 알아보았다. 그녀도 그들이 여기서 만난 것에 놀란 듯했다. 아니, 바라바가 여기에 온 것에 놀란 듯했다. 상상할 수도 없는 일일 테니까. 바라바도 자신이 여기에 와 있음에 놀랐다. 그는 왜 여기에 왔을까?

바라바는 그저 길을 따라 산책을 하던 중이라고 핑계를 대고 싶었다. 그가 여기를 지나가게 된 것은 우연이며 여기가 어떤 곳인지, 무슨 무덤이 있는지 전연 모른다고 핑계를 대고 싶었다. 그렇게 말하면 분명 꾸며낸 것처럼 들릴 테고 그녀가 믿지 않겠지만 그는 그렇게 말했다. 그러고는 "왜 여기서 그렇게 무릎을 꿇고 있지?" 하고 물었다.

언청이 처녀는 쳐다보지도 않고 움직이지도 않고 전처럼 그대로 꿇어앉은 채 텅 빈 바위 쪽만을 바라보았다. 바라바는 그녀가 혼잣말처럼 나직이 말하는 것을 들었다.

"하느님의 아들이 다시 살아났어요……."

그녀의 말을 듣자 바라바는 야릇한 느낌이 들었다. 그가 원치 않았던 느낌이었다. 그러나 그는 이 느낌을 무어라 표현할 수 없었다. 그는 잠시 동안 몸둘 바를 모르고 서 있었다. 그러다가 바라바는 무덤 있는 데로 올라갔다. 실은 조금 전에 이리로 가려고 했다. 그는 무덤이 텅 비어 있는 것을 자기 눈으로 똑똑히 보았다. 물론 이미 비었다는 것을 알고 있었기 때문에 이러한 확인이 그에게는 별 의미를 지니지 않았다. 그는 그녀가 무릎을 꿇은 곳으로 다시 갔다. 그녀의 얼굴이 너무나 경건하고 희열에 차 있어 그는 그녀에게 정말 미안함을 느꼈다. 사실 이제껏 그녀를 이렇게 행복하게 만든 일은 아무것도 없었다. 바라바는 이 부활에 관해서 그녀에게 모든 것을 설명해줄 수 있었다. 그러나 그는 이미 그녀에게 큰 피해를 주지 않았나? 그는 자신이 그녀에게 사실을 알려줄 수 없다고 생각했다. 그는 그녀가 어떻게 이런 일이 일어나리라고 생각했으며 또한 십자가에 못박혀 죽은 사람이 어떻게 무덤에서 다시 살아났느냐고 그녀에게 조심스레 물었다.

그녀는 놀란 표정으로 바라바를 잠시 쳐다보았다. 이 남자는 모를까? 그녀는 불의 옷을 입은 한 천사가 창 끝처럼 팔을 쭉 뻗고 하늘에서 쏜살같이 내려온 광경을 자세히 말해주었다. 희열로 가득 찬 설명이었다. 창이 돌과 바위 틈에 꽂히더니 돌을 떼어놓았다고 했다. 설명은 너무나 간단했다. 기적치고는 너무나 간단했다. 이것이 기적이 일어난 자초지종이었다.

"보지 못했어요?"

바라바는 내려다보면서 보지 못했다고 말했다. 그는 마음속 깊은 곳에서 그가 기적을 보지 못한 것을 아주 다행스럽게 느꼈다. 이제 그의 눈이 보통 사람들의 눈처럼 정상이 되었음이 증명되었다. 그는 이제 더는 환상을 보지 않으며 오직 실체만을 본다. 그 사람은 이제 더는 바라바에게 힘을 쓰지 못한다. 그는 부활이니 뭐니 하는 것을 목격하지 않았다. 그러나 언청이 처녀는 아직도 거기 꿇어앉아 있으며 그녀의 눈은 조금 전에 본 기억으로 빛났다.

드디어 그녀가 일어나 걷기 시작하자 바라바도 한참 동안 함께 예루살렘 쪽으로 걸어갔다. 별말은 주고받지 않았지만, 그는 그녀가 자신과 헤어진 후부터 그녀가 하느님의 아들이라고 부르는 사람을 믿게 되었음을 알았다. 바라바는 그 사람을 그저 죽은 사람이라고 불렀다. 바라바가 그 사람의 진짜 가르침이 무엇이냐고 물었더니 그녀는 대답을 꺼려했다. 그녀는 먼 곳을 바라보면서 그의 시선을 피했다. 그들은 드디어 갈라져 가야 할 곳에 다다랐다. 그녀는 분명히 게헤나계곡 쪽으로 가려고 했으며 바라바는 다윗의 문 쪽으로 가려고 생각했다. 바라바는 그녀에게 그 사람이 설교한 가르침이 무엇이냐고 물었다. 바라바에게는 사실 상관없는 일이지만, 그는 그녀가 믿는 교리를 알고 싶었다. 그녀는 한참 땅을 내려다보다가 수줍어하는 눈길로 그를 보더니 명확하지 않은 목소리로 말했다.

　"서로 '사랑하라'예요."

　그리고 그들은 헤어졌다.

　바라바는 한참 동안 서서 저쪽으로 걸어가는 그녀를 바라보았다.

5

바라바는 자기가 볼일도 없는 이 예루살렘에 왜 머무는지 스스로 여러 번 자문해보았다. 그는 아무 일에도 손을 대지 않고 무료하게 그저 시내를 배회할 뿐이었다. 그리고 그는 왜 그가 이렇게 오래 예루살렘에 머무는지 산에 있는 동료들이 의아해하리라고 짐작했다. 그는 왜 예루살렘에 남아 있는 걸까? 그 자신도 모를 일이었다.

뚱보 여자는 처음에는 이것이 자신 때문이라고 생각했으나 곧 그렇지 않다는 걸 알아차렸다. 그녀는 좀 화가 났다. 원래 남자들이란 그들이 갖고 싶어 하는 것을 갖게 되면 늘 은혜를 잊어버리는 법이다. 그녀는 바라바와 함께 잤으며 그것을 좋아했다. 진짜 사내를 갖는다는 것은, 애무할 맛이 나는 사내를 갖는다는 것은 흐뭇한 일이다. 그는 그녀한테 관심이 없었지만 다른 여자한테도 관심이 없는 것 같았다. 그 점만은 확신해도 좋았다. 그는 누구한테 관심을 가진 적이 없었다. 한 번도 그런 적이 없었다.

그 점을 생각한다면 그가 그녀에게 관심이 없는 것이 그녀에게는 오히려 낫다고 생각되었다. 여하간 바라바가 그녀와 잠자리를 같이 해주는 한 그러했다. 그러면서도 그녀는 좀 처량함을 느꼈고 혼자서 울기도 했다. 그러나 실제로 그녀는 그래도 괜찮다고 생각했다. 그러는 것도 괜찮으리라 생각했다. 그녀는 바라바에게 큰 사랑을 느꼈으며 사랑이 어떠한 형태를 취해도 괜찮다고 생각했다.

바라바가 왜 할 일 없이 예루살렘 시내를 돌아다니는지는 그녀로서도 짐작되는 바가 없었다. 도대체 하루 종일 무슨 일로 소일을 한단 말인가? 그는 할 일 없이 거리를 배회하며 무위도식하는 유의 사람 같지는 않았다. 그는 늘 활동적이고 위험한 생활을 해오던 사람이다. 아무 일도 하지 않고 빈둥거리는 것은 그답지 않았다.

십자가에 못박혀 죽을 뻔한 그 일이 있은 후부터는 예전의 그가 아니었다. "자신이 십자가에 못박혀 죽지 않았다는 사실에 적응하기가 힘든 모양이구나" 하고 그녀는 어느 못 견디게 덥던 낮에 손을 뚱뚱한 배 위에 놓고 크게 웃으면서 중얼거렸다.

바라바는 십자가에서 처형당한 스승의 신자(信者)들과 가끔 만나지 않을 수 없었다. 바라바가 일부러 이 사람들과 만났다고 할 수는 없는 것이, 신자들은 거리와 시장 등 여기저기에 있었다. 그래서 바라바는 그들을 만나면 잠시 서서 얘기를 나누면서 그 사람에 관해, 또 도저히 이해가 되지 않는 그의 가르침에 관해 물었다. 서로 사랑하라고?

그는 신전(神殿) 광장과 그 주변의 번화한 거리를 피하고 주로 예루살렘의 저지대 골목길을 거닐었다. 그곳에서는 장인(匠人)들이 그들의 가게 안에서 일했으며 행상인들은 물건값을 외쳤다. 이 순박한 사람들 중에 신자들이 많았으며, 바라바는 번화한 주랑 안에서 만나는 사람들보다 이들이 더 마음에 들었다. 바라바는 이렇게 그들의 이상한 생각 중 일부를 알게 되었으나 직접 그들과 어디를 가거나 하지는 않았다. 또한 그는 아직 그들을 제대로 이해하지 못했다. 바라바가 그들을 완전히 이해하지 못한 건 그들의 표현이 너무 서툴렀기 때문인지도 모른다. 그들은 스승께서 죽음에서 다시 살아났으며 곧 하늘나라에서 오셔서 왕국을 세우실 거라 철석같이 믿었다. 그들 모두가 같은 말을 했다. 이것은 분명히 가르침을 받은 그대로를 이야기하는 것이었다. 그러나 그들 모두 스승이 하느님의 아들인가 하는 문제에 대해서는 좀처럼 확신을 갖지 못했다. 왜냐하면 그들이 직접 그분을 보고 그분의 말을 듣고 심지어 그 문제 때문에 그분께 말을 건네보았기 때문이다. 그들 중 어떤 사람은 그분께 신발을 만들어주었고 어떤 이는 옷을 지어주었다. 그들은 스승이 하느님의 아들이라는 것을 상상하기 힘들었다. 그러나 다른 많은 사람들은 그분이 하느님의 아들이며 그분께서 하느님 아버지 옆의 옥좌에 앉아 있다고 확언했다. 그러나 먼저 이 죄 많은, 불완전한 세상을 멸하실 것이라 했다.

이 사람들은 바라바가 그들처럼 믿지 않음을 알아차렸다. 그들은 그를 경계하고 어떤 사람들은 노골적으로 의심했으며 대부분은 바라바를 좋아하지 않는 듯했다. 바라바는 이런 것에 익숙했으나 이상하게도 이번에는 그것이 마음에 걸렸다. 그는 이런 일이 마음에 걸려본 적이 없었다. 사람들은 늘 그의 길 앞을 비켜주었으며, 그들은 바라바와 별 볼일이 없기를 원하는 눈치였다. 아마도 그것은 그의 외모 때문인 듯했다. 아무도 그 원인을 모르는 눈 밑의 깊숙한 칼자국 때문일 것이다. 아니면 아무도 제대로 볼 수 없는 깊이 박힌 눈 때문인지도 몰랐다. 바라바는 이런 것을 잘 알았다. 그러나 사람들이 어떻게 생각하든 그에게는 상관없는 일이었다! 그는 이런 일에 마음을 쓴 적이 없었다.

그는 이제까지 이런 것이 문제가 될 줄은 몰랐다. 그들은 그들의 신앙을 통해 매사 단결하고 그들과 한패가 아닌 사람이 끼어들지 않게 조심했다. 그들은 사랑의 잔치를 열고 마치 대가족처럼 모여 함께 빵을 먹었다. 이것도 아마 '서로 사랑하라'는 그들 교리의 일부분일지 모른다. 그러나 그들이 그들과 한패가 아닌 사람들까지 사랑하는지는 말하기 힘들다.

바라바는 그러한 사랑의 잔치에는 참석하고 싶지 않았다. 그는 전혀 그럴 마음이 없었다. 그는 이런 식으로 다른 사람과 얽히는 것을 싫어했다. 그는 혼자이기를 원했다.

그런데도 바라바는 그들을 찾아다녔다.

그는 심지어 그들의 신앙을 완전히 이해한 후 그들처럼 신자가 되기를 원한다고 거짓말을 하기도 했다. 그들은 바라바도 신자가 되면 기쁘겠다고 대답했다. 그리고 그들은 그들도 노력하겠으며 바라바에게 기꺼이 '스승'의 교리를 가능한 한 잘 설명해주겠노라고 했다. 그러나 그들은 기뻐하는 눈치는 아니었다. 이것은 참으로 기이한 일이다. 새 신자가 나타났는데도 기뻐하지 않는 것에 대해 그들 나름으로 자책했을지도 모른다. 하지만 보통은 관심이 있는 사람이 나타나면 몹시 기뻐했다. 바라바는 그 이유를 알았다. 바라바는 황급히 일어나서 그곳을 빠져나왔다. 그의 눈 밑의 상처가 빨갛게 달아 있었다.

믿다니! 바라바의 눈으로 십자가에 매달려 있는 걸 보았는데 어떻게 믿겠나? 그 사람은 이미 오래전에 죽었으며 그 사람이 부활하지 않았음을 바라바의 눈으로 증명하지 않았나! 부활이란 단지 사람들의 상상에 불과했다. 이 모든 것이 사람들의 상상이었다. 아무도 죽었다가 되살아날 수 없다. 그들의 '스승'이건 또는 다른 사람이건 간에 죽었다가 다시 살아난 사람은 없다! 그리고 그건 바라바의 잘못은 아니었다. 그 사람을 선택한 것은 나라의 높은 사람들이었다. 그들은 아무나 선택하여 죽일 수 있었다. 다만 바라바가 그렇게 되지 않았을 뿐이다. 하느님의 아들이라니! 그 사람이 어떻게 하느님의 아들일 수가 있을까? 그렇다고 한다면 그분이 십자가에 못박혀 원치 않는 죽음을 당할 필요는 없었을 것이다. 그 사람 자신이 그것을 원했다니 그것은 불가사의하고 무서운 이야기다. "그분은 그것을 원했음에 틀림없다"고 말하다니. 그 사람이 참으로 하느님의 아들이라면 그렇게 쉽게 십자가에 못박히지는 않았을 것이다. 그러나 그분은 그 고통을 모면하기를 원하지 않았다. 그분은 그렇게 고통을 당하고 죽기를 원했으며 구제되기를 원하지 않았다. 그래서 그렇게 된 것이다. 그분은 풀려나지 않기로 작정한 것이다. 그래서 그 사람은 바라바를 대신 석방시키게 한 것이다. 그가 "이 사람을 풀어주고 나를 십자가에 못박아라!" 하고 분부한 것이다. 물론 그 사람이 하느님의 아들은 아니지만, 그것은 분명하지만……

그 사람은 그의 힘을 아주 특수한 방법으로 사용한 것이다. 다시 말해서 힘을 사용하지 않음으로써 힘을 사용한 것이다. 다른 사람들에게 바로 그들이 원하는 대로 결정하게 하고, 사람들의 일에 간섭하지 않고 그러면서 그 자신의 길을 걸어간 것이다. 그래서 바라바 대신 십자가에서 처형당한 것이다.

신자들은 스승께서 그를 대신하여 죽었다고 말했다. 그럴 수도 있었다. 실제로 그 사람은 바라바 대신 죽었다. 이것은 누구도 부인 못 할 것이다. 그러고 보면 바라바는 신자들보다, 아니 어느 누구보다도 그 사람과 밀접한 인연이 있었다. 물론 그것이 아주 기이한 인연이기는 하지만, 그리고 신자들이 바라바와 어울리려고 하지 않지만 바라바는 누구 말대로 선택된 자였다. 그가 고통을 모면하고 석방되게끔 선택된 것은 틀림없는 사실이다. 바라바가 진짜 선택된 사람이다. 그는 하느님의 아들 자신이 원하여 대신 용서받은 사람이다. 신자들은 이런 것을 생각조차 해보지 않았다!

그러나 바라바는 그들의 '교단(敎團)'과 '사랑의 잔치' 그리고 '서로 사랑하라'와 같은 가르침에는 관심을 두지 않았다. 그는 혼자였다. 그는 그들이 하느님의 아들이라고 부르는 사람과의 관계에서도 다른 때와 같이 혼자였다. 바라바는 저들과는 달리 그 사람의 노예는 아니었다. 바라바는 한숨을 쉬며 다니거나 그 사람에게 기도하는 그런 사람들과는 달랐다.

고통을 당할 필요는 없었다. 어떻게 고통을 모면할 수 있는데도 고통받기를 원할 수 있을까? 그런 일은 전혀 믿을 수 없으며 생각만 해도 매스꺼웠다. 바라바는 이 일을 생각하면 매달릴 힘조차 없는 팔을 가진 가냘프고 보잘것없는 육체가 자꾸만 눈앞에 나타났다. 바싹 타버린 입술로 물 좀 달라고 겨우 말하던 모습이 눈앞에 떠올랐다. 바라바는 그런 고통을 사서 겪는 사람은 싫었다. 그는 자기 자신을 십자가에 못박히게 하는 사람은 싫었다. 바라바는 도대체가 그 사람이 싫었다! 신자들은 십자가에 못박힌 그 사람을, 그의 고통을, 또한 그의 비참한 죽음을 경모했다. 그들은 그의 죽음을 덜 비참하게 느꼈는지 모르겠다. 그들은 죽음 자체를 경모했다. 이것은 바라바에게는 소름 끼치는 일이었다. 그리고 바라바를 매스껍게 했다. 이런 일은 바라바에게 그들과 그들의 교리와 그리고 그들이 믿는 그 사람에 대해서도 정나미 떨어지게 했다.

바라바는 죽음이 싫었다. 아주 싫었다. 그는 죽음을 염오했으며, 결코 죽지 않기를 원했다. 아마 그 때문에 죽지 않게 된 것은 아닐까? 왜 하필 그가 죽음을 모면하도록 선택되었을까?

십자가에 못박혀 죽은 사람이 정말로 하느님의 아들이라면 그는 모든 것을 알 테니까, 바라바가 죽기를 원하지 않으며 고통받거나 죽는 것을 극도로 염오한다는 걸 잘 알았을 것이다. 그래서 그 사람이 바라바 대신 처형당했을까? 그래서 바라바는 그 사람을 따라 골고다에 가서 그 사람이 십자가에 못박혀 죽는 것을 구경만 하게 된 것일까? 죽음과 그것에 수반된 일을 싫어하는 바라바가 그 사람에게 부탁할 게 있다면 바로 죽음을 면하게 해달라는 것이었다.

바라바는 바로 하느님의 아들이 대신 죽어준 장본인이다. 그 사람이 "이 사람을 풀어주고 나를 십자가에 못박아라!"라고 한 것은 바로 바라바를 가리킨 말이지 다른 사람을 가리킨 말이 아니었다.

바라바는 신자들의 무리에 끼어들려 하다가 돌아오면서 이런 생각들을 했다. 바라바는 사람들이 그에게 필요 없다고 노골적으로 말하는 그릇 가게 골목에서 터벅터벅 걸어 나왔다.

바라바는 이제 더는 거기에 가지도 않고 그들을 만나지도 않기로 작정했다. 그러나 다음 날 바라바는 어제의 결심도 소용없이 다시 그곳에 모습을 드러냈다. 그러자 그들은 바라바를 제대로 환영하지 않은 것을 미안하게 느꼈는지, 바라바가 갈구하는 지식을 기꺼이 제공해주겠다면서 그들의 교리 중에서 이해되지 않는 부분이 무엇이냐고 물었다. 그러나 바라바가 그들에게 묻고 싶은 것이 있었던가? 바라바가 이해하지 못하는 것이 있었던가?

그는 모든 것이 그에게는 수수께끼이며 사실은 그런 것에 별로 관심이 없다고 말하려 했으나 마음을 고쳐먹었다. 그는 예를 들어 부활과 같은 것이 이해하기 힘들다고 말했다. 바라바는 죽은 사람이 다시 살아난다는 것을 믿지 못하겠다고 말했다. 도공(陶工)들은 일손을 멈추고 그를 쳐다보더니 저희들끼리 얼굴을 마주보았다. 그리고 그들끼리 귓속말을 나누더니 그중 가장 나이 먹은 사람이 바라바에게 물었다. 그들의 스승께서 다시 살려준 사람을 한번 만나보겠느냐고. 바라바가 원한다면 주선해주겠다고 했다. 그러나 그 사람이 예루살렘에서 좀 떨어진 곳에 살기 때문에 저녁이 지나 일이 끝난 후에나 갈 수 있다고 말했다.

바라바는 겁이 났다. 이것은 그가 기대한 것이 아니었다. 바라바는 그들이 부활에 관해 설명하면서 그들의 주장을 펴리라고 생각했지, 이렇게 단도직입적으로 증명을 하려들 거라고는 상상하지 못했다. 사실 바라바는 죽은 사람이 다시 살아났다는 이 이야기는 기상(奇想)이며, 경건한 사기(詐欺)라고 확신했다. 바라바는 죽었다 살아났다는 사람이 실은 죽지 않았던 것이라고 믿었다. 어쨌든 그는 두려웠다. 바라바는 그 사람을 만나볼 생각이 조금도 없었다. 하지만 만나기 싫다고 말할 수도 없었다. 그는 그들의 주님의 권능을 직접 확인할 기회를 갖게 되어 기쁘다고 거짓말을 하는 수밖에 없었다.

거리를 거닐면서 시간을 보냈으나 바라바는 점점 더 흥분되는 걸 느낄 수 있었다. 그가 문 닫는 시간에 그릇 가게로 다시 가자, 한 젊은이가 그를 데리고 예루살렘의 문들을 지나 올리브산 쪽으로 갔다.

그들이 찾은 사람은 산기슭에 있는 작은 마을의 변두리에 살았다. 젊은 도공이 문에 드리운 거적을 젖히고 들어가자 누군가 팔짱을 끼고 상 앞에 앉아서 허공을 응시하고 있었다. 그 사람은 젊은 사람이 또렷한 목소리로 인사를 할 때까지 누가 왔는지 모르는 듯했다. 그제서야 그는 문 쪽으로 머리를 돌리더니 이상하게 단조로운 음조로 답례를 했다. 젊은이가 그릇 가게 골목의 형제들이 보내는 인사를 전하고 여기에 온 용건을 이야기하자 손을 움직여 상 앞에 앉으라고 했다.

바라바는 그의 맞은편에 앉아 그의 얼굴을 유심히 관찰했다. 얼굴이 뼈만 남았을 정도로 마른 데다 얼굴색이 거무스름했다. 바라바는 사람 얼굴이 이렇게도 될 수 있나 의아했다. 그는 이렇게 황량한 얼굴을 본 일이 없었다. 그것은 마치 사막과 같았다.

앙상하게 마른 얼굴의 사람은 젊은 사람의 질문에 대해 자기가 죽었다가 갈릴레아에서 온 스승에 의해 다시 살아난 것이 사실이라고 답했다. 그는 만 나흘을 무덤 속에 있다가 나왔는데 체력과 정신력이 전과 같았다고 말했다. 그리고 이로 인해 스승께서 그의 권능과 영광을 증거했으며 그가 하느님의 아들이라는 것을 증거했다고 말했다. 그는 창백하고 빛이 없는 눈으로 바라바를 쳐다보면서 단조로운 목소리로 천천히 이야기했다.

그는 자신의 부활에 관한 이야기를 끝내고도, 젊은이와 함께 한참 동안 스승에 관해서 그리고 그의 위대한 행적에 관해서 이야기했다. 그러나 바라바는 그 이야기에 끼어들지 않았다. 그러다가 함께 온 젊은이는 이 마을에 사는 부모를 만나려고 자리를 떴다.

바라바는 이 사람과 단둘이 있고 싶지 않았으나 금세 일어날 구실을 찾을 수 없었다. 그 사람은 줄곧 묘하게 불투명한 눈으로 바라바 쪽을 바라보았다. 그의 눈은 바라바에게 아무 관심도 없어 보였으며 아무 표정도 없었지만 이상하게 바라바를 끌어당겼다. 바라바는 그 자리에서 도망가고 싶었으나 도망가지 않았다.

그 사람은 아무 말 없이 한참을 가만히 있었다. 그러다가 바라바에게 하느님의 아들인 그들의 스승을 믿느냐고 물었다. 바라바는 망설였으나 믿지 않는다고 사실대로 말했다. 거짓말을 하든 안 하든 전혀 관여하지 않는 이런 앞 못 보는 사람에게 거짓말하기가 꺼림칙했던 것이다. 그 사람은 바라바가 믿지 않는다는 데 대해 화를 내지 않았다. 그저 고개를 끄덕이면서 이렇게 말했다.

"믿지 않는 사람이 많이 있소. 그분의 어머니가 어제 여기 왔었지만 그분의 어머니도 믿지 않소. 그러나 그분은 내가 그분의 증인이 되게 하려고 나를 죽은 자 가운데서 일으켜 세우셨소."

바라바는 그렇다면 그가 그분을 믿고 그분께서 행한 위대한 기적에 대해 영원토록 감사하는 것이 당연할 것이라고 말했다. 그러자 그 사람은 그렇다고 말했다. 그는 그분이 생명을 다시 준 데 대하여, 죽음의 땅에 있지 않게 해준 데 대하여 매일매일 그분께 감사한다고 말했다.

"죽음의 땅이라고요?" 하고 바라바는 외친 후, 자기 목소리가 조금 떨리고 있음을 알았다. "죽음의 땅이라니요? 거기는 어떻게 생겼나요? 당신은 가봤지요! 그럼 이야기해주세요!"

"거기가 어떻게 생겼느냐고?" 하고 반문하며 그 사람은 바라바를 의아스럽다는 듯이 바라보았다. 그는 바라바가 묻는 뜻을 이해하지 못했다.

"네! 거기는 어떤 곳이에요? 당신은 경험했잖아요?"

"나는 아무것도 경험하지 않았소."

그 사람이 대답했다. 그는 이쪽 사람의 흥분을 이해할 수 없다는 태도였다.

"나는 그저 죽은 거요. 죽음이란 아무것도 없는 거요."

"아무것도 없다니요?"

"죽음에 뭐가 있겠소?"

바라바는 그 사람을 응시했다.

"나한테 죽음의 땅에 대해 설명해달라는 겁니까? 난 설명할 수 없소. 죽음의 땅이란 아무것도 아니라오. 그것은 있기는 있지만 아무것도 아닌 곳이라오."

바라바는 노인을 뚫어지게 보기만 했다. 그는 노인의 비참한 얼굴이 무서웠지만, 거기서 눈을 뗄 수 없었다.

"죽음의 땅이란 아무것도 없는 거요"라며 그 사람은 빈 시선으로 바라바의 어깨 너머를 보고 있었다. 그러나 그곳에 한 번 가보았던 사람에게는 아무것도 없다는 것도 그 무엇이 되지 않을까?

"당신은 참 이상한 것을 묻는구려! 왜 그런 것을 묻는 거요? 보통 사람들은 그런 것을 묻지 않소" 하고 그 사람은 말을 이었다.

그리고 그 사람은 바라바에게, 예루살렘의 형제들이 사람들을 믿게 하려고 가끔 이곳에 보내곤 하는데, 많은 사람들이 믿음을 갖게 되었다고 말했다. 그는 이렇게 해서 주를 섬기며 다시 살아나게 해준 큰 빚을 조금이라도 갚고 있다는 거였다. 거의 매일 그 젊은이나 또는 다른 사람이 사람을 데려오면 그는 그의 부활을 증거해왔다는 것이다. 그러나 그가 죽음의 땅에 관해서 말한 것은 이번이 처음이었다고 한다. 이제까지 아무도 그런 것에 관해서 물어보는 사람이 없었다고 한다.

방 안이 점점 어두워졌다. 그 사람은 일어나서 낮은 천장에 매달린 기름등에 불을 켰다. 그러고는 빵과 소금을 꺼내어 상 위에 놓았다. 그 사람은 빵을 둘로 자르더니 한쪽을 바라바에게 주고 자기가 쥔 빵에 소금을 찍으면서 바라바에게도 똑같이 하라고 권했다. 바라바는 손이 떨리기는 했지만 똑같이 하지 않을 수 없었다. 두 사람은 희미한 등불 아래서 말없이 함께 먹었다.

그는 바라바와 사랑의 잔치를 쾌히 베풀지 않는가! 바라바는 그 릇 가게 골목에서는 형제로서 특별한 취급을 받지 못했다. 그는 이 사람 저 사람과 다를 게 없었다. 그러나 자기에게 먹으라며 빵 조각 을 주는 그 누렇고 깡마른 손가락을 보자 그는 비위가 상하며 매스 꺼웠다.

도대체 이 사람과 이렇게 음식을 나누는 것이 무슨 뜻이 있을까? 이 이상한 저녁의 숨은 뜻은 무엇일까?

먹는 일이 끝나자 그 사람은 바라바를 데리고 문 있는 데로 가더 니 잘 가라고 했다. 바라바도 중얼거리면서 답례를 하고는 황급히 떠났다. 어둠 속을 재빨리 걸어 비탈길을 내려가는 그의 머릿속에 는 수많은 상념들이 방망이질쳤다.

뚱보 여자는 바라바가 그녀를 격렬하게 안아준 것에 대해 내심 놀 라면서 기뻐했다. 이날 저녁에는 바라바도 그녀에게 크게 흥미를 보 였다. 그녀는 왜 이렇게 되었는지 알 수 없었으나 그날 밤은 바라바 가 정말 의지할 사람이 필요한 듯했다. 그녀는 바라바에게 의지가 되어줄 수 있는 사람은 바로 자기라고 생각했다. 그녀는 누운 채 자 신이 다시 젊어졌으며, 자신을 사랑하는 사람이 있다고 꿈꾸었다.

다음 날 바라바는 예루살렘의 아래쪽과 그릇 가게 골목에 얼씬하 지 않았다. 그런데 우연히 솔로몬의 주랑에서 그릇 가게의 한 도공 을 만나게 되었다. 도공은 즉시 어제 일은 어떻게 되었냐고 물었다. 그들이 말하던 게 사실이더냐고 물었다. 바라바는 그가 찾아가 만 난 사람이 죽었다가 다시 살아난 것은 의심하지 않지만, 자신의 생 각으론 그 사람이 죽었다가 살아난 것이 그들의 스승 때문은 아니라고 대답했다. 도공은 그들의 '주님'에 대한 모독을 듣곤 얼굴이 백지장처럼 되더니 입을 열지 못했다. 바라바는 도공에게서 등을 돌렸다.

이런 사실은 곧 그릇 가게 골목뿐 아니라 기름 짜는 가게, 가죽 만드는 가게, 옷감 짜는 가게 등 모든 곳에 알려졌다. 여러 날이 지난 후 바라바가 전처럼 그곳에 다시 나타났을 때 전에 그와 이야기를 나누던 신자들의 태도는 완전히 달라져 있었다. 그들은 침묵을 지키고 곁눈질로 바라바를 의심스럽다는 듯이 보았다. 그들은 전에 바라바와 친했던 적이 전혀 없었다는 듯 냉담했고, 이제는 노골적으로 불신을 나타냈다. 바라바가 알지도 못하는 키가 작고 바싹 마른 사람이 그에게 다가와서 왜 자꾸 그들이 있는 곳에 오느냐고 따지기도 했다. 자신들에게 무엇을 원하느냐, 신전의 파수꾼이나 대제사장의 파수꾼이 보냈느냐, 아니면 사두개파 사람들이 보냈느냐 하며 따져 물었다. 바라바는 이 키 작은 노인을 보면서 입을 열지 못하고 서 있었다. 노인의 벗겨진 이마는 분노로 달아 있었다. 바라바는 이 노인을 본 적도 없고 그가 무엇하는 사람인지도 몰랐지만 그의 귀에 꽂혀 있는 빨갛고 파란 모사(毛絲)로 보아 그가 물감 들이는 사람임이 틀림없다고 짐작했다.

바라바는 그가 신자들의 감정을 상하게 했으며 그래서 그들의 그에 대한 태도가 이토록 변했다는 것을 알아차렸다. 바라바는 어디를 가나 푸대접과 냉대를 받았다. 어떤 사람들은 바라바의 정체를 알아내겠다는 듯이 그를 노려보았다. 그러나 바라바는 모르는 척했다.

그러다가 드디어 터지고 말았다. 그것은 마치 도깨비불처럼 모든 골목 안을 휩쓸었다. 그곳에 사는 신자들 모두가 바라바의 정체를 알게 된 것이다. 이놈이 바로 그 산적이다! 스승 대신 석방된 그놈이다. 구세주 대신에, 하느님의 아들 대신에! 이놈이 사면받은 바라바다! 이놈이 도적 바라바다!

적의에 찬 눈길이, 증오로 이글거리는 눈길이 바라바를 뒤따랐다. 그들의 광기는 바라바가 다시는 그곳에 가지 않겠다 마음먹고 그곳을 떠난 후에도 식을 생각을 하지 않았다.

"사면받은 산적 바라바다! 사면받은 산적 바라바다!"

6

    그는 이제 자신의 껍데기 속으로 기어 들어가 아무에게도 말을 하지 않았다. 바라바는 밖에 나가지 않고 뚱보 여자네 집 커튼 안쪽에 그저 누워 있거나 집 안이 시끄러울 때는 지붕 위의 정자에 올라가 있곤 했다. 그는 아무 일도 하지 않고 매일 이렇게 지냈다. 그는 이제 먹는 것조차 신경 쓰지 않았다. 음식을 그한테 가져와 먹으라고 말하지 않으면 먹지도 않았다. 그는 모든 것에 완전히 무관심했다.

    뚱보 여자는 바라바가 무엇이 잘못되었는지 알 수가 없었다. 그녀는 짐작조차 못 했다. 그녀는 감히 물어보지도 않았다. 그를 마음 편하게 내버려두는 게 상책이었다. 그는 그것을 원하고 있을 것이다. 바라바는 말을 걸어도 제대로 입을 열지 않았다. 가끔 조심스럽게 커튼 안쪽을 몰래 들여다보면 그는 그저 누워서 천장만 보고 있었다. 그녀는 전혀 이해할 수 없었다. 그가 머리가 돈 것일까? 그가 이성을 잃은 것일까? 그러나 그녀는 이런 생각을 입 밖에 낼 수는 없었다.

그러다가 그녀는 알게 되었다. 그녀는 바라바가 그 대신 십자가에 못박혀 죽은 그 사람을 믿는 미친놈들과 어울렸다는 이야기를 듣고서 짐작이 갔다. 바라바가 갑자기 변한 것이 이상할 게 없었다. 그들이 바로 원인이었구나! 그들이 바라바의 머릿속에 터무니없는 생각을 집어넣은 거로구나. 그렇게 얼빠진 놈들과 돌아다니면 누구라도 정신이 좀 돌게 될 것이다. 그 사람들은 십자가에 못박혀 죽은 사람을 뭐라더라, 구세주라고 하며, 그가 그들을 도우며, 그들이 청하는 모든 것을 주고 예루살렘의 왕이 된다던가? 그리고 수염 없는 귀신들을 쫓는다던가? 그녀는 그들의 가르침이 어떤 것인지 전혀 몰랐으며, 그런 것에는 별로 관심도 없었으나 그들의 머리가 좀 이상하다는 것은 다른 사람들한테서 들어 알았다. 도대체 바라바가 그 사람들과 어떻게 어울리게 되었을까? 그가 그들과 무슨 상관이 있을까?

이런저런 생각 끝에 그녀는 깨달았다. 바라바 자신이 십자가에 못박혀 죽게 되었는데 그들의 구세주가 대신 죽고 바라바는 죽지 않았다. 그러나 이것은 바라바의 잘못은 아니었다. 그들은 그들이 믿는 사람이 얼마나 훌륭한지를 자꾸 얘기했을 것이다. 얼마나 순결하고 죄 없으며 중요한 분인가를 말했을 것이다. 그렇게 위대한 왕인 주님을 대신 죽게 하다니 끔찍한 일이라고 했을 것이다. 이런 엉터리 이야기들을 계속 듣다가 바라바는 아주 돌아버린 것이다. 사실 바라바는 죽지 않았다. 사실 바라바 대신 죽어준 사람이 있다.

물론 이것은 사실이다! 물론 그런 일이 있었다!

그녀는 왜 이제까지 거기에 생각이 미치지 못했을까 하고 무릎을 쳤다. 그녀는 바보 같은 바라바의 일을 생각하다가 웃음을 터뜨리지 않을 수 없었다. 이런 바보 같은 년! 바라바가 그때 그 이야기에 관심을 보였던 것도 다 이 때문이었구나!

지난 일은 지난 일이고, 바라바는 이제 정신을 차리고 이성에 귀를 기울여야 할 때였다. 그녀는 바라바와 이야기를 하고 싶었다. 그녀는 그건 다 미친놈들의 수작이라고 말을 꺼낼 참이었다.

그러나 그녀는 바라바와 이야기를 나누지 않았다. 이야기를 해볼 참이었으나 적당한 기회가 오지 않았던 것이다. 바라바한테는 그 자신에 관한 이야기를 끄집어내지 못하는 이유가 있었고 사람들도 그에게 이야기를 꺼내보려고 하면서도 한 번도 그렇게 하지 못했다.

그녀는 바라바가 도대체 어떻게 된 것일까 하고 혼자 끙끙대면서 시간을 보냈다. 그가 아픈 걸까? 아마 그럴지도 모른다. 사실 그는 야위었고 엘리아후가 내준 칼자국만 선명할 뿐, 볼은 움푹 들어가 있고 얼굴에 핏기가 없었다. 한마디로 얼굴 꼴이 말이 아니었다. 그는 본연의 모습을 잃었다. 예전의 모습을 찾아보기 힘들 정도였다. 이와 같이 멍하니 있는 것은 그답지 않은 것이다. 바라바 같은 사람이 누워서 천장이나 쳐다보고 있다니! 바라바!

사람이 달라진 걸까? 다른 사람의 혼이 그에게 씌워 그가 다른 사람이라도 되었단 말인가? 이제 예전의 바라바가 아니란 말인가? 아마 그럴지도 모르겠다. 그 사람의 혼이 씌웠는지도 모르지! 정말 십자가에 못박혀 죽은 사람의 혼이구나! 그 사람은 바라바를 저주했

을 것이다. 그 구세주라고 하는 사람이 죽을 때 그의 혼을 바라바한
테 대신 불어넣어주었다고 생각해보라! 그 사람은 혼을 바라바에
게 불어넣음으로써 바라바에게 복수하려 했다고 생각할 수도 있지
않을까? 그럴 수도 있을 것이다. 이렇게 생각해본다면, 바라바는 그
때부터 좀 이상했다. 그렇다. 그녀는 바라바가 석방된 직후에 왔을
때 이상하게 행동했던 것이 기억났다. 아, 그래서 그랬구나. 이제 다
알겠다. 그녀에게 한 가지 설명이 되지 않는 점이 있다면, 그것은 그
사람은 골고다에서 죽었고, 바라바는 그곳에 가지 않았음에도 그
스승이라는 사람이 자기의 혼을 바라바에게 집어넣은 점이었다. 그
러나 그들이 말하는 것처럼 그 사람이 큰 권능을 갖고 있다면 그렇
게도 할 수 있을 것이다. 그는 원하면 자기를 보이지 않게 하고 아무
데나 갈 수 있을 것이다. 그는 원하는 것을 그대로 되게끔 할 수 있는
권능을 갖고 있는 게 분명하구나.

바라바 자신은 자기가 다른 사람의 혼을 쓰고 있다는 것을, 자기
에게 무슨 일이 일어났다는 것을 알까? 자기 자신은 죽고 십자가에
못박힌 사람이 그 안에 들어와 산다는 걸 알까? 아마 그는 짐작도
못 할 것이다. 이런 일을 그가 모르는 것이 더욱 나쁜 일이다. 다른
사람의 혼이니까 바라바가 나쁘게 되기를 원할 것이다.

그녀는 바라바 때문에 안타까웠다. 그녀는 그를 바라볼 수가 없
었다. 그녀는 바라바가 몹시 측은했다. 바라바는 그녀를 전혀 거들
떠보지 않았다. 그러나 그것은 간섭을 받고 싶지 않기 때문이었다.

바라바는 그녀의 이러한 생각을 전혀 눈치채지 못했다. 그래서
그녀를 거들떠보지도 않았다. 그리고 밤에도 그녀와 더는 함께 자

려 하지 않았다. 그것은 그녀에게는 가장 치명적인 것이었다. 이는 그녀의 간섭을 싫어하는 것 이상의 뜻을 지닌 것이다. 이런 미친 몸에게 매달리려는 그녀만 바보스러웠다. 그녀는 하룻밤을 누워서 혼자 울었다. 그래도 마음이 좀처럼 풀리지 않았다. 참 이상한 일이다. 그녀는 다시는 이런 경험을 하지 못할 것이라고 생각했다.

어떻게 그녀가 그를 돌아오게 할 수 있을까? 어떻게 그녀가 그 십자가에 못박힌 사람을 쫓아내고 바라바를 다시 바라바로 만들 수 있을까? 그녀는 혼을 쫓는 방법을 몰랐다. 그녀는 이런 일에 대해서는 아무것도 몰랐다. 그리고 그녀는 이 혼은 힘이 세고 위험스러운 혼일 거라고 생각했다. 그녀는 보통은 겁이 없는 여자였으나 이 혼에 대해서는 조금 겁을 냈다. 바라바의 꼴을 보면 이 혼이 얼마나 힘이 센지 쉽게 알 수 있었다. 얼마 전까지 살아 움직이던 건장한 남자를 완전히 지배하는 것을 보라! 이 혼은 그녀로서는 어쩔 수 없다. 그녀가 좀 겁을 내는 것도 당연한 일이다. 십자가에 못박힌 사람의 혼이니 특히 힘이 센 것이 확실했다.

정확히 말하자면, 그녀는 무서워하지는 않았다. 그러나 그녀는 십자가에 못박힌 사람들을 싫어했다. 이런 것은 그녀와 거리가 먼 일이다. 큼직한, 아주 건강한 그녀의 몸에는 바라바가 맞았다. 본래의 바라바 말이다. 그의 머리에 이 혼을 집어넣기 전의 바라바, 십자가에 못박히게 되었던 바라바 말이다. 그러다가 그녀는 바라바가 십자가에 못박혀 죽지 않고 풀려 나온 사실에 생각이 미치자 큰 안도감을 느꼈다.

뚱보 여자는 고독 속에서 이런 일들을 생각했다. 그리고 드디어 그녀는 정작 자신은 바라바에 대해서 아무것도 모른다는 것을 깨닫게 되었다. 그의 어디가 잘못되었는지, 과연 그에게 십자가에 못박혀 죽은 사람의 혼이 씌웠는지 알 수 없었다. 전혀 알 수 없었다. 그녀가 아는 것이라곤 그는 그녀에게 관심이 없으며 이러한 그를 사랑하는 그녀 자신이 바보스럽다는 것이었다. 이런 생각을 하다 그녀는 울었다. 그녀는 너무나도 안타까웠다.

바라바는 그녀 곁을 떠나기 전에 한두 번 예루살렘 시내에 들어갔다. 그는 한 번은 공기 구멍이 여기저기 있어 그리로 빛이 비치는 낮은 지하실 같은 집에 우연히 들어가게 되었다. 그 안에는 가죽과 약품 냄새가 코를 찔렀다. 이곳은 무두질 공장 골목이 아닌 성전 언덕 아래 기드온계곡 쪽에 있었지만 무두질 공장임에 틀림없었다. 이곳은 신전에서 제물로 바쳤던 짐승의 가죽을 가져다 무두질하는 무두질 공장 중 하나인 듯했다. 그러나 이곳은 공장으로 사용되지 않았다. 벽 쪽에 쭉 서 있는 약 그릇과 통 들은 비었으나 아직 지독한 냄새는 그대로 풍겨 나왔다. 바닥에는 참나무 껍질과 온갖 더러운 쓰레기들이 널려 있었다.

바라바는 기도하는 사람들로 꽉 찬 방 안에서 다른 사람들의 눈에 띄지 않게끔 문 근처 모퉁이에 웅크리고 앉아 있었다. 그 역시 사람들의 얼굴은 볼 수 없었다. 얼굴을 볼 수 있는 사람은 둥근 천장에 뚫린 공기 구멍으로 광선이 들어오는 데 있는 사람들뿐이었다. 여기저기 어두운 데서도 중얼거리면서 기도하는 소리가 들려왔다. 가끔 한쪽에서 중얼거리는 소리가 커졌다가는 다시 소리가 차분해지면서 다른 소리들과 섞였다. 가끔 사람이 바뀌면서 전보다 더 큰 소리로, 점점 더 열을 내면서 기도했다. 어떤 사람은 일어나서 희열에 찬 목소리로 부활한 구세주를 증거하기 시작했다. 이렇게 누군가 일어나서 그들의 구세주를 증거하기 시작하면 다른 사람들은 곧 조용해지며 그쪽을 바라보았다. 마치 증거하는 사람에게서 힘을 뽑아내려는 듯했다. 일어섰던 사람이 열광에 찬 증거를 마치면, 나머지 사람들은 다시 기도를 시작했다. 그들은 이번에는 전보다도 더 열렬하게 기도했다. 대개의 경우 바라바는 증거하는 사람들의 얼굴을 볼 수 없었다. 그러다 바라바 근처에 있던 한 사람이 증거를 했는데, 그 사람은 땀을 흘리고 있음을 볼 수 있었다. 바라바는 웅크리고 앉아서 황홀경에 빠진 그 사람을 보았다. 홀쭉한 그 사람의 볼에서는 땀이 줄줄 흘렀다. 그 사람은 중년으로 보였다. 그 사람은 증언을 마치고는 땅바닥에 털썩 엎드려 사람들이 기도할 때 그러듯이 땅에 이마를 댔다. 그는 그가 이제까지 이야기하던 십자가에 못박힌 사람이 하느님임이 갑자기 생각난 듯했다.

그 사람 다음에 저쪽 멀리에서 증거하는 소리가 들려왔는데 바라바는 목소리만으로 그 사람이 누구인지를 알 수 있을 듯했다. 바라바가 소리나는 쪽으로 눈을 돌려 보니 아니나 다를까 광선이 들어오는 데 서 있는 그 사람은 몸집이 크고 붉은 수염을 가진 갈릴레아 사람이었다. 그 사람은 다른 사람들보다 더 조용히 말했다. 그리고 그는 예루살렘 사람들이 사투리라고 놀리는 그의 시골 말투로 이야기했다. 그러나 거기 모인 사람들은 다른 어느 누구의 말보다 그의 말을 경청했다. 사실 그가 하는 말에 특별한 것은 없었지만 사람들은 그의 말에 귀를 기울였다. 그는 처음에 한참 동안은 그가 사랑하는 스승에 관해 이야기했다. 그는 그의 스승을 하느님의 아들이니, 구세주니 하는 말로 부르지 않았다. 그러다가 그는 그의 스승께서 그를 믿는 사람은 그를 위해 박해를 받게 될 거라 하셨다고 이야기했다. 그러고는 박해를 받게 되면 그들의 스승께서 고난을 당한 것을 생각하면서 잘 견디자고 말했다. 그들은 스승과는 달리 연약하고 불쌍한 인간들이지만 믿음을 버리지 말고 스승을 부정하지 말고 모든 시련을 잘 견디자고 말했다. 그가 말한 것은 이것뿐이었다. 그는 이런 이야기를 다른 사람들에게 하고 있었지만 실은 자기 자신에게 하는 듯했다. 그가 말을 마치자 거기 모인 사람들은 그에게 뭔가 아쉬워하는 듯했다. 그도 이런 분위기를 눈치챘다. 그는 이어 스승께서 가르쳐준 기도문으로 기도를 하겠다고 말했다. 그가 이 기도를 시작하자 사람들은 만족스러워했다. 사실 어떤 사람은 정말 감동을 느꼈다. 방 안은 공동의 환희 같은 것으로 꽉 차 있었다. 그가 기도를 끝내자 그의 근처에 있는 사람들이 그에게 마치 '축하'라도 하는 듯이 그를 바라보았다. 바라바는 그 사람 주위에 있는 사람들이 전에 바라바에게 "이 저주받을 놈아, 꺼져버려" 하고 외쳤던 사람들임을 알게 되었다.

그다음을 이어 또 한두 사람이 증거했다. 그들은 영감에 가득 차 있었고 모인 사람들도 계속 고양되었다. 많은 사람들이 황홀경에 빠진 듯 몸을 앞뒤로 흔들었다. 바라바는 웅크리고 앉아서 곁눈으로, 그러나 날카로운 눈으로 사람들의 일거수일투족을 유심히 관찰했다.

갑자기 바라바는 놀랐다. 햇빛이 들어오는 곳에 납작한 가슴을 두 손으로 누른 채 서 있는 여자는 다름 아닌 언청이 처녀가 아닌가! 그녀의 창백한 얼굴은 햇살이 내려오는 쪽을 향했다. 바라바는 그녀를 무덤 앞에서 본 이래 처음 보는 거였는데, 더 야윈 데다 처참해 보였다. 그녀는 누더기를 걸쳤고 굶주린 볼은 더 꺼졌다. 거기 있던 사람들은 모두 그녀 쪽을 보면서 이 여자가 과연 누구인가 하고 의아해했다. 아무도 그녀가 누구인지 모르는 듯했다. 바라바는 사람들이 그녀가 좀 이상한 데가 있다고 생각하고 있음을 알아차렸다. 그녀가 누더기를 걸친 것 외에도 무어라 말할 수는 없지만 분명히 이상한 데가 있었다. 사람들은 그녀의 증거가 어떤 것일까 의아해했다.

그녀는 무엇 때문에 증거하려고 할까? 도대체 알 수 없구나! 하고 바라바는 속으로 외쳤다. 그녀도 자기가 이런 일을 잘 하지 못할 거라는 걸 잘 알 텐데. 바라바는 자기와 상관없는 일이었지만 매우 흥분했다. 그녀는 무엇 때문에 증거하려고 할까?

그녀 자신도 이 일에는 마음이 내키지 않는 듯해 보였다. 그녀는 주위 사람들을 보지 않으려는 듯, 그리고 그들의 시선을 극복하려는 듯 눈을 감고 서 있었다. 무엇 때문에 저러면서까지 이런 일을 하려고 하는 걸까? 그럴 필요가 전혀 없을 텐데…….

드디어 그녀가 입을 열어 증거하기 시작했다. 그녀는 목메인 소리로 그녀의 주님과 구세주에 대한 믿음을 이야기했다. 아마도 무슨 감동적인 말을 하려는 모양인데, 그녀의 말에 무슨 감동적인 것이 있을 것 같지 않았다. 오히려 그녀는 더 두서없이 이야기하고 여러 사람 앞에 서 있어 긴장되어 그런지 보통 때보다 더 코 막힌 소리를 냈다. 그러자 사람들이 불안해하는 게 느껴졌다. 사람들은 어색

하다고 생각했으며 어떤 사람은 수치심까지 느끼며 고개를 돌렸다. 그녀는 끝으로 "주여, 주께서 저에게 증거하라고 말씀하신 대로 제가 이제 주님을 증거했습니다"라고 코 막힌 소리를 내고는 땅바닥에 다시 엎드려서 다른 사람들에게 얼굴을 보이지 않으려 했다.

사람들은 모두 수치스럽다는 듯이 서로 시선을 나누었다. 마치 그녀가 그들의 모임을 우습게 만들어버렸다는 듯한 시선이었다. 아마 그녀가 그랬는지도 모르겠다. 아마 사람들이 옳을지도 모르겠다. 그들은 이제 될수록 빨리 모임을 끝내고 싶어하는 눈치였다. 지도자 중의 한 사람이 일어나 이제 산회(散會)한다고 선언했다. 지도자들은 바라바에게 "이 저주받을 놈아, 꺼져버려!" 하고 외쳤던 사람들이었다. 그는 이어 왜 이날 시내에서 만나지 않고 여기에서 만났는지는 모든 사람이 알 것이라고 말하고 다음번에는 다른 곳에서 만나게 되는데, 아직 그 장소는 모른다고 했다. 그러나 주님께서는 그들이 세상의 악에서 보호받을 안식처를 그들에게 찾아주실 것이라고 말했다. 주님께서는 양 떼를 버리지 않을 것이다. 주님은 그들의 목자며 ……

바라바는 더 듣지 않았다. 그는 다른 사람들이 나오기 전에 먼저 기어나왔다. 거기서 나와버리자 바라바는 마음이 홀가분해졌다.

그는 그곳을 다시 생각만 해도 매스꺼웠다.

7

　고소(告訴)가 시작되자 늙은 장님은 늘 헐떡거리는 젊은이의 안내를 받아 재판소의 한 재판관 앞으로 나가 말했다.

　"분뇨의 문 밖에 사는 우리들 중 한 여자가 구세주가 와서 세상을 온통 바꾸어놓을 거라며 이교(異敎)를 퍼뜨리고 있습니다. 모든 것이 파괴될 것이고 다른 더 좋은 세상이 온다면서 그 세상은 자기네 구세주의 뜻대로만 된다지 뭡니까. 이 여자를 잡아다 석형(石刑)에 처해야 하지 않을깝쇼?"

　고지식한 재판관은 그에게 고발하는 이유를 더 자세히 말하라고 일렀다. 그러고는 우선 그가 어떤 구세주냐고 물었다. 늙은이는 먼젓번에 돌로 석형에 처한 사람들이 믿던 구세주와 같다고 하면서, 그때도 그런 것을 믿는 사람들을 돌로 때려죽였으니까 이 여자도 마땅히 돌로 때려죽여야 한다고 말했다. 늙은이는 그 여자가 그녀의 주님이 모든 사람을 구원할 것이라고 말하고, 심지어 문둥이들도 구원한다고 말하는 것을 직접 들었다고 했다. 구세주가 문둥이들을 고친다고 말했으며 그들을 우리들처럼 깨끗이 만들 거라고 말하고 다녔다는 것이다.

"문둥이가 보통 사람처럼 된다면 어찌 되는 겁니까? 그들이 더는 방울을 달지 않고 아무 데나 돌아다닌다면 그들이 가까이 오는 것을 모르게 되는 겁니다. 그러면 장님들은 더 힘들게 되겠죠. 이러한 이교를 퍼뜨리는 것은 법에 어긋나는 것 아닌가요?" 하고 늙은이는 덧붙였다.

늙은 장님은 조금 떨어진 어두운 곳에서 재판장이 그의 수염을 쓰다듬는 소리를 들을 수 있었다. 그러더니 그 여자가 주장하는 것을 믿는 사람이 있느냐고 묻는 소리가 들렸다.

"저기 분뇨의 문 밖에는 그런 이야기에 귀를 잘 기울이는 인간들이 있습니다요. 물론 계곡 아래쪽에 있는 문둥이들이 그런 이야기를 제일 좋아하지요. 그 여자는 문둥이들과도 쑥덕거린다니까요. 더구나 그 여자는 문둥이들의 구역으로 들어가 그들과 놀아난 게 한두 번이 아닙니다요. 그들과 정을 통했다고들 하더라구요. 나는 그런 것은 알고 싶지도 않지만. 하지만 들리는 말에 의하면 그 여자는 처녀도 아니라고 하대요. 아기가 있었는데 죽였다나요. 확실히는 모르죠. 하여튼 그런 이야기가 들리더라구요. 이야기는 내가 잘 듣습니다요. 눈이 보이지 않아서 그렇지요. 나리, 눈이 먼다는 것은 큰 불행입죠. 이렇게 장님이 되는 건 큰 불행입죠."

그러자 재판관이 그 여자로 인해 그 '구세주'를 믿게 된 사람이 거기에 많냐고 물었다. 그리고 그 '구세주'라는 것이 바로 십자가에 못 박혀 죽은 그 사람을 말하는 것이냐고 물었다.

"네, 그렇습죠. 그들은 모두 병이 낫기를 원하죠. 절름발이, 미친 놈, 장님 등 병신들에게 그 여자는 이제 분뇨의 문 밖에도, 이 세상 어느 곳에도 괴로움이 없어진다고 말해요. 하지만 이제 그들은 구세주가 오지 않기 때문에 화를 내기 시작했어요. 그 여자는 오랫동안 곧 구세주가 온다고 말해왔지요. 그런데 구세주가 오지 않으니까 그들이 화를 내는 것도 당연하지요. 그들은 그 여자를 비웃고 욕하지만, 문둥이들은 아직도 그런 이야기를 믿는다니까요. 그 여자가 그들에게 달콤하게 말하는 것을 보면 그들이 그렇게 철석같이 믿는 것도 놀라운 일이 아닙니다요. 그 여자는 심지어 문둥이들이 신전의 뜰에 들어가고, 신전 안으로 들어가는 것도 허락될 거라고 말했어요."

"문둥이가!"

"그렇다니까요."

"그 여자는 어떻게 그런 황당무계한 약속을 할 수 있지?"

"저어, 약속을 하는 것은 그 여자가 아니라 그 여자의 주님이라는 뎁쇼. 그 주님은 커다란 권능을 갖고 있어 무엇이든 약속하며, 무엇이든 변화시킬 수 있다는 거예요. 그는 하느님의 아들이기 때문에 모든 것을 다 안다나요."

"하느님의 아들이라고?"

"네."

"그 여자가 그를 하느님의 아들이라고 말했단 말인가?"

"네, 그렇게 부릅니다요. 그것은 정말 신성 모독입죠. 그 사람이 십자가에 못박혀 죽었음은 천하가 다 아는 사실이니 거기에 대해서는 더 알아볼 것도 없는 줄 압니다. 그 사람을 재판한 사람들이 어련히 다 알아서 하지 않았겠습니까?"

"나도 그 사람을 재판하는 데 참석했지."

"네에, 그러시면 그 사람에 관해서도 잘 아시겠네요!"

잠깐 동안 침묵이 흘렀다. 늙은 장님의 귀에 들리는 거라곤 어둠 속에서 재판관이 다시 수염을 쓰다듬는 소리뿐이었다. 얼마 후 재판관은 그 여자를 재판에 회부한다고 선언했다. 그 여자가 법정에 출두하여 그녀의 신앙에 대해서 심문을 받고 변호도 할 수 있도록 한다는 것이었다. 늙은 장님은 감사하다고 말한 뒤 허리를 굽힌 채 물러났다. 그는 벽을 더듬으면서 그가 들어왔던 문을 찾아갔다. 재판관은 아랫사람에게 장님을 도와주라고 일렀다. 그러고는 장님에게 문제의 그 여자에게 개인적인 원한이 있느냐고 한 번 더 물었다.

"원한을 품고 있느냐고요? 아니오. 내가 어떻게 원한을 품겠습니까? 나는 누구한테도 원한을 품어본 적이 없습니다요. 내가 왜 그러겠습니까? 나는 아무도 보지 못했습니다. 나는 한 사람도 보지 못했습니다."

노인은 문까지 다른 사람의 부축을 받고 나왔다. 문 밖 거리에는 분뇨의 문 밖에서 온 젊은이가 어둠 속에서 숨을 헐떡이며 서 있었다. 장님은 젊은이의 손을 찾아 허공을 더듬었다. 늙은이와 젊은이는 함께 집으로 갔다.

언청이 처녀는 판결을 받은 뒤 예루살렘에서 조금 남쪽으로 떨어진 석형 처형장으로 끌려갔다. 언청이 처녀를 끌고 가는 신전의 병사들 뒤에는 많은 군중이 소리를 지르면서 따라갔다. 병사들은 땋은 머리를 하고 웃통을 벗었는데 쇠가 박힌 황소 가죽 회초리를 휘두르면서 질서를 유지했다. 처형장에 도달하자 분노에 찬 군중은 처형장 가장자리에 둘러섰고 이어 한 병사가 언청이 처녀를 데리고 처형장 안으로 내려갔다. 형장은 돌투성이였는데 제일 아래에 있는 돌들은 마른 피로 검게 얼룩져 있었다.

지휘관이 조용히 하라고 외친 뒤 제사장이 죄목과 형을 발표하고, 이 여자를 고소한 사람이 제일 먼저 돌을 던지라고 선언했다. 늙은 장님은 가장자리로 안내되어 처형에 관해서 설명을 들었다. 그러나 늙은이는 설명에 관심이 없었다.

"왜 내가 그 여자에게 돌을 던져야 합니까? 내가 그 여자와 무슨 상관이 있습니까? 난 그 여자를 본 적도 없습니다!"

그러나 이렇게 하는 것은 법에 따라서 하는 일이므로 피할 수 없다고 설명하자 그제서야 투덜거리면서 해보겠다고 대답했다. 돌이 그의 손에 쥐어지자 늙은이는 어둠 속으로 돌을 던졌다. 늙은이는 또 던졌지만 어디에 표적이 있는지 통 볼 수 없으므로 맞힐 방도가 없었다. 늙은이는 그저 어둠 속으로 돌을 던졌다. 그는 어느 쪽으로나 다 어둠으로 둘러싸여 있었다. 늙은이 옆에 서 있던 바라바는 줄곧 저 밑에 서서 돌로 맞아 죽게 될 언청이 처녀만을 응시했다. 그때 한 남자가 장님을 도와주려고 앞으로 걸어 나왔다. 그의 얼굴은 쭈글쭈글했으며 나이가 많아 보였는데, 그는 이마에 가죽 주머니에

싼 십계명을 달고 있었다. 서기인 듯했다. 그는 장님의 팔을 잡고 겨 낭을 해주었다. 첫 돌이 맞아야 사람들이 돌을 던지게 된다. 그러나 결과는 먼저와 같았다. 돌은 표적의 근처에도 가지 못했다. 언청이 여자는 저 아래 서서 크게 뜬 눈을 반짝이면서 앞으로 벌어질 일을 기다렸다.

참된 신앙자로 자처하는 서기는 더는 못 참겠다는 듯이 허리를 굽혀 크고 날카로운 돌을 들더니 그것을 언청이 처녀 쪽으로 힘껏 던졌다. 돌이 언청이 처녀를 맞혔다. 그녀는 비틀거리면서 가느다 란 팔을 힘없이 들었다. 군중은 맞았다고 함성을 질렀고 서기는 그 가 맞혔다는 사실에 아주 만족해하면서 처녀를 내려다보았다. 바라 바는 그 서기 곁에 바싹 다가서서 자기 외투를 살짝 들고 칼로 잽싸 게 그를 찔렀다. 그의 솜씨는 오랜 세월의 숙련을 말해주었다. 아주 순식간에 찔렀기 때문에 아무도 눈치채지 못했다. 더구나 사람들은 언청이 처녀에게 돌을 던지느라고 여념이 없었다.

바라바는 처형장 가장자리로 가서 언청이 처녀가 손을 내밀고 이 리저리 비틀거리는 것을 보았다. 그러다가 그녀는 외쳤다.

"그분이 오셨다! 그분이 오셨다! 그분이 보인다! 그분이 보 인다……"

그러더니 그녀는 무릎을 꿇고 마치 누군가의 옷자락을 잡는 듯한 모습으로 말했다.

"주여, 제가 어떻게 당신을 증거할 수 있겠습니까? 용서하십시 오, 용서하십시오……"

그러고는 피가 묻은 돌 위에 쓰러졌다. 그녀는 숨을 거두었다.

돌 던지기가 끝나자 사람들이 서기가 죽어 쓰러져 있는 것을 발견했다. 그리고 한 사람이 포도밭 사이로 달아나 기드온계곡 쪽의 올리브 숲 속으로 사라지는 것이 보였다. 여러 병사들이 그를 쫓았으나 찾지 못했다.

8

　날이 어두워지자 바라바는 다시 처형장으로 돌아와 밑으로 내려
갔다. 그는 아무것도 보이지 않아 손을 더듬어 길을 찾았다. 그는 제
일 밑에서 언청이 처녀의 일그러진 시체를 찾았다. 그녀가 이미 죽
어 더는 필요 없는데도 계속해서 돌을 던져 시체는 돌 속에 반쯤 파
묻혀 있었다. 바라바는 시체를 안고 가파른 비탈을 올라가서 어둠
속을 걸어갔다. 그녀의 몸은 너무나 작고 가벼워서 무게를 조금도
느낄 수 없었다.

　바라바는 시체를 안고 여러 시간 걸었다. 그는 가끔 걸음을 멈추
고 죽은 여자를 그의 앞에 내려놓고 한참 동안 쉬기도 했다. 구름이
물러가고 별이 반짝였다. 조금 있으니 달마저 떠서 이제 모든 것을
볼 수 있게 되었다. 그는 그녀의 얼굴을 내려다보았다. 아주 이상하
게도 얼굴은 거의 상하지 않았다. 게다가 살아 있을 때보다 특별히

더 창백하지도 않았다. 사실은 살아 있을 때는 너무나 창백했다. 그녀의 얼굴은 투명할 정도였다. 윗입술의 상처는 아주 작아져 별로 흉해 보이지 않았다. 사실 이제 그런 것은 상관없었다.

바라바는 그가 그녀를 사랑한다고 말해야겠다고 생각했던 때를 회상했다. 그가 그녀를 붙잡았을 때——아니다. 그는 이런 생각을 하지 않으려고 했다……. 그러나 생각이 마구 났다. 그가 그녀에게 사랑한다고 말했을 때——그렇게 말한 것은 그녀가 피하지 않고 그가 원하는 대로 하게 하려던 의도였지만 그녀의 얼굴이 환히 밝아지지 않았던가! 그녀는 그런 말에 익숙지 않았다. 그녀는 그것이 거짓말인 줄 알았음에 틀림없지만 그 말이 그녀를 행복하게 해준 것은 사실이었다. 아니면 그녀는 거짓말인 줄 몰랐단 말인가? 여하튼 바라바는 원하는 것을 손에 넣었다. 그녀는 그가 사는 데 필요한 것을 매일 가지고 왔다. 그리고 그는 그녀를 가졌다. 그가 진실로 원하는 것보다 더 그녀에게 열을 내보였다. 그녀의 코 막힌 듯한 소리가 기분에 좀 걸렸지만 바라바가 그녀에게 열을 올린 것은 달리 손댈 여자가 없었기 때문이었다. 그는 그녀의 말소리가 싫어 필요한 말 외에는 하지 말라고 일렀다. 그러고는 드디어 그의 다리가 치료되자 다시 떠나가버렸다. 달리 어떻게 할 수 없지 않았는가?

그는 그의 앞에 펼쳐진, 생명 없고 메마른 사막 너머를 바라보았다. 사막에는 달의 죽은 빛이 비쳤다. 그는 사막의 모든 방향으로 이와 같은 빛이 펼쳐져 있음을 알았다. 그는 사막을 잘 알고 있어 돌아볼 필요도 없었다.

서로 사랑하라.

그는 여자의 얼굴을 다시 내려다보았다. 그러고는 그녀를 안고 산 너머를 향해 계속 걸어갔다.

바라바는 낙타와 노새의 발자국을 따라 예루살렘에서 유다의 사막을 건너 모아브 사람들의 땅 쪽으로 갔다. 낙타와 노새의 발자국이 보인 것은 아니었다. 낙타와 노새의 똥, 혹은 새들이 깨끗이 파먹고 남긴 짐승들의 뼈를 보고 길이 이쪽으로 구부러지는지 저쪽으로 도는지를 알아냈다. 밤길을 대여섯 시간 걸어갔더니 내리막길이 시작되었다. 그는 이제 더 가지 않아도 된다는 것을 알았다. 그는 한두 곳의 좁은 틈을 내려가 새로운 사막에 도달했다. 이 사막은 더 사나워 보였으며 더 황량해 보였다. 길은 이 사막을 가로질러 나갔다. 그는 계속 언청이 처녀를 안고 온 탓에 피곤했으므로 한동안은 쉬었다. 어쨌든 이제 그는 목적지 근처에 와 있었다.

그는 혼자서 무덤을 찾을 수 있을지 아니면 노인에게 부탁을 해야 할지를 궁리했다. 바라바는 노인을 만나지 않는 것이 훨씬 나을 거라 생각했다. 이 일을 순전히 혼자서 해치우고 싶었다. 노인은 아마 그가 그녀를 여기에 데려온 이유를 이해하지 못할 것이다. 그렇다면 바라바 자신은 그 이유를 이해하는가? 여기에 그녀를 데려온 이유가 무엇일까? 그렇다. 그는 이곳이 그녀의 고향이 될 것이라고 생각했다. 그녀에게 고향이 있을 수 있다면 여기가 그녀의 고향일 것이다. 그녀는 길갈에서는 편안히 잠들지 못할 것이고 예루살렘에서는 개밥이 될 것이다. 바라바는 그녀가 그렇게 취급되어서는 안 된다고 생각했지만 그러나 무슨 상관이 있단 말인가? 그녀를 여기에 묻는다고 하여 무엇이 달라진단 말인가? 그녀가 집에서 도망

나와 살던 이곳에 묻는다고 해서 이제 그녀에게 무슨 이로움이 있을까? 그녀가 자신의 아기와 같은 무덤 안에서 안식을 얻을 수 있을까? 전혀 그렇지 않을 것이다. 그러나 그는 어떻든지 간에 어미를 아기와 합장(合葬)해주고 싶었다. 죽은 사람을 즐겁게 해주기란 쉬운 일이 아니었다.

무엇 때문에 그녀는 예루살렘으로 달려갔을까? 무엇 때문에 그녀는 위대한 구세주가 온다고 떠드는 사막의 광신자의 무리 속에 끼어들었을까? 그 미친놈들은 그들이 모두 주님의 도시로 가지 않으면 안 된다고 말했다. 그녀가 그러는 대신 노인의 말을 들었다면, 이런 변을 당하지는 않았을 것이다. 노인은 자신의 마음을 들뜨게 만들려 하지 않았다. 노인은 여러 번 마음이 들떴으나 헛수고였다고 말했다. 자기들이 구세주라고 생각한 사람은 많았으나 그들은 구세주가 아니었다고 노인은 말했다. 그런데 왜 이번에는 진짜 구세주란 말이냐? 그런데도 그녀는 미친놈들의 말을 들었다.

이제 만신창이가 된 그녀는, 그 구세주 때문에 죽어, 이곳에 묻히게 되었다. 이번 사람은 진짜 구세주일까? 그 사람이 진짜 메시아일까? 전 세계의 구세주일까? 전 인류의 구세주일까? 그 사람이 구세주라면 왜 그녀가 돌에 맞아 죽을 때 돕지 않았을까? 그 사람은 왜 그녀가 그 때문에 돌에 맞아 죽게 내버려두었을까? 그가 구세주라면 왜 구하지 않았을까?

구세주는 원한다면 쉽게 구해줄 수도 있었을 것이다. 그러나 구세주는 고난당하기를 좋아했다. 자기 자신도 그렇고 다른 사람에 대해서도 그랬다. 그리고 그는 사람들이 자신을 증거하기를 원했다.

"당신께서 하라시는 대로 나는 지금 당신을 증거했습니다."

"당신을 증거하려고 지옥에서 다시 살아나……."

아니다. 바라바는 저 십자가에 못박혀 죽은 사람을 좋아하지 않는다. 바라바는 그 사람을 증오한다. 이 여자를 죽인 것은 바로 그 사람이다. 이 여자에게 희생을 요구하고, 이 여자가 그것을 피하지 못할 것까지도 알던 바로 그 사람. 그 사람이 처형장에 나타났기 때문에 그 여자가 그를 보고 손을 내밀면서 도와달라고 하지 않았던가. 그녀가 그의 옷깃을 잡고 구해달라고 애걸했으나 그 사람은 손가락 하나 까딱하지 않았다. 그러고도 하느님의 아들이라고! 하느님이 사랑하는 아들이라고! 모든 사람의 구세주라고!

바라바 자신은 첫 돌을 던진 사람을 칼로 찔러 죽였다. 바라바는 적어도 그 정도는 했다. 물론 이것이 별 의미는 없었다. 돌은 이미 던져졌고, 그녀를 맞히지 않았나? 이제 처음 돌 던진 사람을 죽인다 하여도 아무 소용이 없었다. 그러나 바라바는 어쨌든…… 그는 어쨌든 그놈을 칼로 찔렀다.

그는 손으로 입 언저리를 닦고 자신을 조소하듯이 쓴웃음을 지었다. 그러고는 어깨를 으쓱거린 다음 일어났다. 그는 이제 시체가 지겨워지기 시작한 듯 조바심치면서 그것을 들었다. 그러고는 다시 출발했다.

바라바는 노인이 은둔 생활을 하는 굴을 지나갔다. 바라바는 우연히 이곳에 오게 된 때부터 이 굴을 쉽게 알아볼 수 있었다. 노인이 아기의 무덤을 가르쳐주려고 그를 데리고 갔던 일이 떠올랐다.

오른편에는 문둥이들의 굴이 있었고 저 앞쪽에는 사막의 광신자들의 굴이 있었다. 그와 노인이 광신자들의 굴 앞까지 갔던 기억이 났다. 달빛이라 그때와 달라 보였지만 그는 그곳을 알아낼 수 있었다. 그와 노인이 웅덩이 쪽으로 내려가던 중에 노인이 아기는 자궁 안에서 저주를 받아 사산(死産)되었으며 모든 사산된 것은 불길하므로 곧 묻었다고 말했다. 육신의 열매는 저주를 받을지니…… . 어미는 그때 여기에 올 수 없었다. 그녀는 나중에 가끔 이 무덤 옆에 와서 앉아 있곤 했다고 말하면서 노인이 지나간 이야기를 모두 들려주던 일이 기억났다.

아마 이 근처일 텐데? 이게 아닐까? 맞구나, 여기에 돌판이 있구나…… .

바라바는 돌판을 들어 올리고 그녀를 아기 옆에 눕혔다. 아기는 이미 메말라 시들어 있었다. 바라바는 마치 그녀를 더 편안하게 해주려는 듯 만신창이가 된 그녀의 몸을 매만져주고 마지막으로 그녀의 얼굴을 내려다보았다. 윗입술의 언청이 자국은 더는 바라바의 마음에 거슬리지 않았다. 그는 돌판을 다시 덮어놓고 그 옆에 앉아 사막 저 너머를 바라보았다. 그는 사막이 이제 그녀가 간 죽음의 땅과 흡사하다고 생각했다. 그가 그녀를 죽음의 땅에 데려다주었다고 생각했다. 일단 죽음의 땅에 들어가면 어디에 묻히든 별 차이가 없는 일이었으나 이제 그녀는 다른 곳이 아닌 바로 그녀의 아기 옆에 누워 있지 않은가. 바라바는 붉은 수염을 쓰다듬으며 조소하는 듯이 쓴웃음을 지으면서 그녀를 위해 할 수 있는 일은 다 했다고 생각했다.

서로 사랑하라…… .

9

바라바가 자기 패가 있는 곳에 돌아갔을 땐 그가 너무나 변했기 때문에 잘 알아보지 못할 정도였다. 예루살렘에 내려왔던 친구들이 그가 좀 이상해 보인다고 말하기는 했지만, 감옥에 그렇게 오래 있었고 십자가에 못박혀 죽을 뻔했는데 이상해지는 것은 당연하지 않은가 하고 받아들였다. 산적들은 그런 느낌도 곧 사라지리라고 생각했다. 그러나 이제 석방된 지도 꽤 오래되었는데, 아직도 그렇다니 좀 이상했다. 그들은 왜 이렇게 되었는지 전혀 짐작할 수 없었지만 어쨌든 그는 이제 예전의 바라바가 아니었다.

물론 바라바는 늘 괴짜였다. 그의 패거리는 정말 그의 본심을 알 수 없었으며 그를 이해하지 못했다. 그러나 그것은 이번의 경우와는 다른 것이었다. 그는 그들에게 아주 낯선 사람으로 느껴졌으며 그도 그들을 한 번도 본 적이 없는 모르는 사람이라고 생각했음에 틀림없었다. 그들이 계획을 설명해도 바라바는 아무 관심도 나타내지 않았고 직접 의견을 내는 일도 없었다. 그는 이런 일에 전혀 무관심한 듯해 보였다. 물론 그도 요르단계곡의 습격이나 대상(隊商)들이 지나는 길에서 망을 보는 일 등에 참여했다. 그러나 그는 마음 내켜하지 않았으며, 별 도움도 되지 않았다. 그는 위험이 닥쳐도 제대로 피하지 못하는 사람이 되었다. 아마 이것도 이상한 무감각 때문인지 모르겠다. 그는 전혀 말이 없었다. 그는 아무것에도 마음이 내키지 않는 듯했다. 그런 그가 딱 한 번 흥분한 적이 있었다. 그들이 예리고 지방에서 제사장에게 바치는 십일조를 실은 마차를 습격할 때였다. 바라바는 완전히 미친 듯이 날뛰면서 이 마차를 호위하던 신전의 병사 두 명의 목을 잘랐다. 그러나 전혀 그럴 필요가 없었다. 그 병사들은 수로 못 당할 것을 알자 곧 저항을 포기하고 항복했다. 바라바는 그들의 목을 자른 뒤에도 몸에 칼질을 했다. 바라바가 이렇게 잔인하게 나오자 다른 사람들은 모두 그가 너무 심하다고 생각했으며 고개를 돌렸다. 물론 그들은 이 병사들을 미워했으며 제사장의 패거리라면 전부 미워했다. 그러나 죽은 사람은 신전에 속하고 또 신전은 주님에게 속하지 않는가. 다른 사람들은 바라바가 죽은 사람을 모독하는 것을 보고 내심 겁을 냈다.

그런데 바라바는 이 일 외에는 일에 끼려고 하지 않았다. 그는 다른 사람들의 관심에 아랑곳하지 않았다. 심지어 그들이 요르단강의 나루터에서 로마 군대의 초소를 습격할 때도 그는 특별한 열의를 보이지 않았다. 그를 십자가에 못박으려고 했던 로마 사람들인데, 다른 사람들은 모두 짐승처럼 흥분하여 병사들의 목을 자르고 강물에 던지는데 바라바는 이 일에 가담하지 않았다. 바라바의 패거리는 주님의 백성들을 압박하는 로마 사람들에 대한 바라바의 증오심이 그들만 못한 것이 아니라는 걸 알았다. 하지만 그날 밤 그들 전부가 바라바처럼 마음 내키지 않아 했다면 사태가 매우 악화될 뻔했다.

바라바가 보인 변화는 도대체 설명할 수가 없었다. 사실은 아무도 그의 변화를 설명하려 하지도 않았다. 작전 계획을 세우고 그것을 선두에 나서서 지휘하던 이가 바로 바라바였다. 그에게 불가능한 것은 없어 보였다. 그는 모든 일을 잘 해냈다. 그의 대담함과 기량 때문에 동료들은 그가 시키는 대로 하려고 했으며 그가 계획을 짜기를 바랐다. 모든 일이 잘 되어 그들은 점점 그에게 의지하게 되었다. 그들 사이에 두목이란 것은 없었으며 아무도 바라바를 좋아하지 않았으나 그가 두목 격이 되었다. 이는 아마도 그가 좀 이상하고 침울한 것이 다른 사람과 달라서, 즉 그들이 그의 마음을 알 수 없고 그가 낯선 사람 같았기 때문인지도 모른다. 그들은 그들 자신들이 어떤 사람이라는 것을 잘 알았으나 바라바에 대해서는 아무것도 몰랐다. 그러나 이상하게도 이런 성품 때문에 오히려 바라바는 다른 사람의 신임을 얻었다. 물론 이 같은 신임은 주로 그의 대담함과 기량 때문이며 그가 하는 일이 늘 성공하기 때문이었다.

그러나 이제 지휘하려는 마음이 전혀 없는 두목에게 그들이 무엇을 바랄 수 있겠는가? 모든 사람이 다 자기 몫을 해야 하는데 그는 그것조차 하지 않으려 하지 않는가? 그는 굴 입구에 앉아 발 아래 요르단계곡을 바라보거나 저 멀리에 있는 '죽은 자'라고 불리는 바다 너머를 멍청히 바라보고만 있지 않은가? 게다가 그는 동료들을 이상한 눈초리로 보았으며 동료들은 그가 옆에 있으면 불안을 느꼈다. 그는 정말 동료들에게 말을 걸지 않았으며, 말을 건다 해도 동료들은 점점 더 그가 이상해지고 있다고 느낄 뿐이었다. 그의 정신은 아주 딴 곳에 가 있는 듯했다. 이런 그의 태도는 다른 사람에게 불쾌감마저 주었다. 그가 이와 같이 된 것은 그가 예루살렘의 감옥에서 겪은 일과 거의 십자가에 못박혀 죽을 뻔하다 살아난 일 때문인지도 몰랐다.

어쨌든 바라바는 그의 주위에 불안감을 조성했다. 이제 동료들은 바라바가 그곳에 있는 것을 좋아하지 않았다. 그는 이미 이곳 사람이 아니었다. 그는 두목은커녕 아무짝에도 쓸모가 없었다. 그는 이제 아무것도 아닌 존재가 되었다! 그렇다. 이상한 일이지만 그는 이제 아무 쓸모도 없는 존재였다.

그러자 그들에게 바라바에 관한 일들이 하나둘씩 생각났다. 바라바가 처음부터 앞장서고 결정을 내리는 사람은 아니었다. 그가 늘 위험과 죽음을 무릅쓰고 용감히 달려들었던 것도 아니었다. 바라바가 그렇게 사나워진 것은 엘리아후가 그의 눈 밑에 칼자국을 낸 뒤부터였다. 바라바는 그 일이 있기 전까지는 대담무쌍하기는커녕 오히려 그 반대였다. 그러나 그 일이 있은 후 바라바는 갑자기 어른이 된 듯했다. 무섭기는 했으나 이미 나이를 먹어 몸이 둔해진 엘리아후가 바라바를 정말 죽일 생각으로 칼을 가지고 기습했으나 치열한 격투 끝에 결국 바라바가 엘리아후를 굴 앞 절벽 아래로 던져버렸다. 젊은 바라바 쪽이 훨씬 날쌔고 몸에 탄력이 있었다. 엘리아후는 힘은 세었으나 바라바를 당해내지는 못했다. 싸움을 건 것이 결과적으로 그의 운명을 재촉한 꼴이 되었다. 그는 왜 이 싸움을 일으켰을까? 그는 바라바를 증오하는 마음을 품고 있었던 걸까? 그것은 알 수가 없었다. 그러나 사람들은 엘리아후가 바라바를 처음 보는 순간부터 미워했음을 똑똑히 기억했다.

바라바가 그들의 두목이 된 것은 이 일이 있은 뒤였다. 그때까지는 그에게 특별한 것이라고는 없었다. 그 싸움으로 인해 칼자국이 생기기 전까지는 그는 애송이에 불과했다.

그러나 그들이 알지 못했던 것은, 이 엘리아후가 바라바의 아버지라는 사실이었다. 아무도 이 사실을 몰랐으며, 아무도 알 수가 없었다. 바라바의 어머니는 여러 해 전에 산적들이 예리고에서 대상을 습격했을 때 붙잡은 모아브 지방의 여자였다. 산적들은 이 여자를 돌아가면서 재미를 보고는 예루살렘의 사창굴에 팔아버렸다. 그러나 그 여자가 임신한 사실이 드러나자 포주는 그 여자를 더 데리고 있을 수가 없어 보따리를 싸게 했다. 그리고 그 여자는 길에서 아기를 낳고는 죽어버렸다. 아무도 이 아기의 아버지가 누구인지 몰랐다. 그 아기의 어머니조차 누구의 아이인지 알 수 없었다. 그녀는 뱃속의 아이를 저주했으며, 모든 세상을 증오하면서 삼라만상을 창조한 조물주를 증오하면서 이 아이를 낳았다.

아무도 이 일의 자초지종을 몰랐다. 굴 속에 앉아서 소리를 낮추어 말하는 산적들이나 굴 문 앞에서 모아브 산 쪽으로 펼쳐진 사막과 사해(死海)라 불리는 끝없는 바다 쪽을 응시하던 바라바도 이런 사연을 짐작도 못 했다.

바라바는 옛날 엘리아후를 저 아래 바위로 던져버렸던 자리에 앉아 있었지만 엘리아후를 생각조차 하지 않았다. 그는 오히려 무슨 이유에서인지는 몰라도 십자가에 못박힌 구세주의 어머니를 생각했다. 자기가 낳은 아들이 못에 박혀 매달린 것을 보던 그 여인의 모습을 생각했다. 바라바가 그 여인의 모습을 회상한 데에 무슨 특별한 이유가 있는 것 같지는 않았다. 바라바는 눈물이 마른 그녀의 눈이 생각났으며, 그녀가 느낀 슬픔을 나타낼 수 없는, 아니 모르는 사람들 앞에서 그런 슬픔을 나타내지 않으려 했던 그 거친 농촌 여자의 얼굴이 생각났다. 그리고 그녀가 지나가면서 그 사람을 책망하는 듯이 보던 기억이 떠올랐다. 왜 아들을 책망할까? 그녀가 책망해야 할 사람은 얼마든지 많지 않은가!

바라바는 가끔 골고다를 생각했으며 거기에서 있었던 일들을 되새겼다. 그리고 그때마다 그 사람의 어머니를 생각했다.

그는 다시 사해 쪽의 산 너머를 바라보았다. 그는 저 모아브 사람들의 땅에 어둠이 내리는 것을 바라보았다.

10

산적들은 바라바를 어떻게 없애버릴 수 없을까 하고 많이 궁리했다. 그들은 이 쓸모없고 귀찮은 존재를 더는 보고 싶지 않았다. 그들은 자신들의 기분을 잡치게 하고 모든 것을 재미없게 만드는 바라바의 침울한 얼굴이 보기 싫어졌다. 그러나 어떻게 이 일을 처리할 수 있단 말인가? 그가 이제 더는 이곳에 필요 없으니 자기 발로 떠났으면 좋겠다고 그의 면전에 대고 어떻게 이야기한단 말인가? 누가 감히 그럴 수 있겠는가? 아무도 나서지 않았다. 정직하게 말하면 아무도 감히 그런 말을 그에게 하려고 하지 않았다. 뚜렷한 이유는 없었지만 그들은 아직 그에게 이상한 두려움을 느끼고 있었다.

그래서 그들은 그저 계속 낮은 목소리로 말을 주고받았다. 그들이 얼마나 바라바에게 진력이 났으며 그들이 바라바를 얼마나 싫어하는지를 말하고, 이제까지 늘 그를 싫어해왔다고들 말했으며, 최

근에 재수가 안 좋고 동료를 두 사람이나 잃게 된 것도 모두 바라바 때문이 아니겠느냐고 수군거렸다. 산적들은 그들 중에 요나 같은 사람이 있는데 어떻게 좋은 운을 기대할 수 있겠냐고 생각했다. 무더운 굴 안에는 위협적인 긴장감이 충만했으며, 악의에 찬 눈들이 굴 속의 어두움 속에서 바라바를 향해 번쩍였다. 바라바는 굴 앞 절벽 위에서 혼자 생각에 사로잡혀 있었다. 그는 마치 사악한 운명에 묶인 듯했다. 산적들은 어떻게 하면 바라바를 없앨 수 있을까를 궁리했다.

그런데 어느 날 아침 일어나 보니 바라바가 사라지고 없었다. 그가 거기 없었다. 그저 사라진 것이다. 그들은 처음에는 그가 정신이 나가 절벽 밑으로 투신자살했거나 아니면 악령이 그의 몸 안으로 들어가서 그를 허공으로 내던져버리지 않았나 하고 생각했다. 아니면 엘리아후의 망혼이 바라바에게 복수한 것은 아닐까 하는 추측도 있었다. 그러나 옛날 엘리아후가 떨어져 몸이 엉망이 된 곳으로 내려가 찾아보았으나 바라바는 보이지 않았다. 그 근처 어디에도 바라바의 흔적이라고는 전혀 없었다. 그는 그저 사라진 것이다. 그들은 여하간 바라바가 없어졌다는 사실에 크게 안도감을 느끼면서 다시 가파른 산 위의 굴로 돌아왔다. 어느새 햇살이 굴 안을 뜨겁게 내리쬐고 있었다.

11

바라바가 산적들의 굴을 떠난 후 인생의 나머지 기간 동안 어디를 돌아다니며 살았는지, 무엇을 했는지, 그의 행적에 관해 확실히 아는 사람은 아무도 없었다. 어떤 사람들은 그가 산적들의 굴을 떠난 후 유다 사막이나 시나이 사막이나 어느 사막에서 완전히 혼자가 되어 오직 신과 인류에 대해 사색했을 것이라고 말하는가 하면 다른 사람들은 바라바가 예루살렘의 신전과 그곳의 제사장과 서기를 미워하는 사마리아 사람들과 함께 지냈을 것이라고 생각했다. 사마리아 사람들이 게리짐의 성스러운 산 위에서 어린 양을 제물로 바치고 무릎을 꿇고 해 뜨기를 기다리던 그곳에 바라바가 있었다는 말이 떠돌았다. 그런가 하면 그가 시리아 쪽 레바논 산기슭에서 상당히 오랫동안 산적의 두목 노릇을 하면서 그의 손에 잡히는 유대 사람이나 기독교 신자에게 잔인성을 보인 확실한 증거가 있다고 말하는 사람들도 있었다.

앞에서도 말했듯이 여러 이야기 중에서 어느 것이 사실인지 누구도 알 수 없었다. 그러나 바라바가 키프로스섬의 동광(銅鑛)에서 몇 년 동안 있다가 그곳을 통치하던 로마 총독의 종이 되어 쉰이 훨씬 넘은 몸으로 파포스에 간 사실만은 명확히 알려져 있었다. 그가 무슨 혐의로 체포되어 그런 무시무시한 형벌인 지하 광산에서의 노동을 하게 되었는지는 알려지지 않았다. 그러나 이런 일이 있었다는 것보다 훨씬 놀라운 것은 지옥 같은 광산 속에 들어갔다가 다시 지상에 나오게 되었다는 점이었다. 이렇게 된 데에는 특별한 사연이 얽혀 있었다.

바라바는 이제 얼굴에 주름살이 가득했으며 머리가 백발이 되어 있었다. 그러나 그가 그렇게 지독한 고생을 한 점을 고려한다면 다른 부분들은 아직 정정했다. 그는 놀랍도록 빨리 회복되어 힘을 되찾았다. 그가 처음 광산에서 나왔을 때는 산 사람이라기보다는 죽은 사람에 가까웠다. 그의 몸은 여윌 대로 여위었고 눈은 말라버린 우물처럼 표정이 없었다. 그러나 그의 눈의 표정이 다시 살아나자 전보다 더 불안해 보였다. 그의 눈은 마치 겁을 집어먹은 개의 눈처럼 불안에 차 있었다. 그러나 그의 눈은 또한 그의 어머니가 그를 낳을 때 모든 창조물에 대해 느낀 그 증오심을 가끔씩 번쩍이곤 했다. 그의 눈 밑의 칼자국은 그동안 사라졌다가 다시 흰 수염 밑까지 깊숙이 파여 보였다.

바라바가 그렇게 억센 인간이 아니었다면 결코 다시 살아나지 못했을 것이다. 그는 이렇게 억센 체질을 갖게 된 데 대해 엘리아후와 모아브 여인에게 감사해야 했다. 바라바의 부모가 다시 그에게 생명을 준 것이다. 그들은 바라바를 사랑하지 않고 증오했지만 어쨌든 강인한 몸을 준 것이다. 바라바의 부모는 서로 사랑하지 않았다. 물론 사랑도 정의하기 나름이겠지만. 그러나 바라바는 그의 부모에게 큰 은혜를 입고 있음을, 비록 그들의 포옹이 악의에 찬 것이었다 할지라도, 전혀 몰랐다.

바라바가 간 집은 노예가 많은 큰 집이었다. 그 노예 중에는 키가 크고 아주 호리호리한 아메리아 사람이 있었다. 그의 이름은 사하크였다. 그는 어찌나 키가 큰지 걸을 때는 허리가 구부정했다. 그의 큰 눈은 좀 튀어나왔으며 그의 검은 눈동자는 불타는 듯 보였다. 그의 짧은 머리는 백발인 데다 얼굴이 바싹 타 있어 얼른 보면 노인인 듯했으나 실제로는 아직 사십 대였다. 그도 광산에 있었다. 바라바와 사하크는 함께 몇 년 동안 지하 갱도 안에서 일했으며 함께 거기에서 나오는 데 성공했다. 그러나 사하크는 바라바와 같이 회복되지 못했다. 그는 아직도 믿을 수 없을 만큼 여위어 있었다. 눈처럼 하얀 머리와 불에 그을린 얼굴은 마치 그가 낙인에 찍혀 타버린 듯한 인상을 주었다. 그는 바라바와는 전혀 달랐다. 바라바도 많은 역경을 겪었지만, 그는 바라바가 겪어보지 못한 그 무엇을 경험한 듯했다. 그리고 그것은 사실이었다.

다른 노예들은 보통 살아 나오지 못하는 그 광산에서 어떻게 용케 살아 나온 이 두 사람에 관해 다들 매우 호기심을 보였다. 그들은 거기서 살아 나온 이야기를 듣고 싶어 했다. 그러나 그들은 이들의 과거에 관해 별로 얻어 듣지 못했다. 이 두 사람은 서로 이야기도 별로 하지 않고 또한 서로 공통점도 없는데도 늘 둘만 붙어 다녔다. 그들은 서로 공통점은 없었지만 어떤 면에서 분리될 수 없는 듯했다. 바라바와 사하크가 식사 시간이나 쉬는 시간에 서로 마주앉거나 밤에 잘 때 짚 위에 나란히 눕는 것은 그들이 광산에서 쇠사슬로 함께 묶여 있었기 때문이었다.

이들은 같은 배로 육지에서 섬에 도착하는 순간부터 같은 쇠사슬에 묶였다. 그곳에서는 노예들이 둘씩 짝지어 쇠사슬에 묶인 채 저 지하 갱도 안에서 함께 일해야 했다. 한 죄수가 다른 죄수와 떨어질 수 없었다. 짝이 된 노예들은 모든 일을 함께해야 했다. 그래서 미워 죽을 정도로 서로서로의 안팎을 완전히 알게 되었다. 서로를 너무나 잘 알게 된 짝들은 지옥 같은 땅속에서 같이 묶여 있다는 이유만으로도 난폭하게 분노를 터뜨리며 싸우기도 했다.

그러나 바라바와 사하크는 서로 어울리는 듯했으며 각자 고생을 견디어나가는 데 도움이 되는 듯했다. 그들은 서로 이야기를 나눔으로써 힘든 일의 고통을 좀 잊을 수 있었다. 물론 바라바는 이야기를 잘 하지 않는 성격이라 대부분 사하크가 이야기를 했고 바라바는 잘 들었다. 그들은 자기 자신들에 대한 이야기는 꺼내지 않았다. 그들은 둘 다 그러기를 원하지 않는 듯했다. 그들은 모두 밝히기 꺼려하는 각자의 비밀이 있는 게 분명했다. 그래서 서로 상대방에 관해 조금이나마 알게 된 것은 시간이 한참 지난 후였다. 바라바가 자기는 히브리 사람이며 예루살렘이라는 도시에서 태어났다고 말한 것은 아주 우연한 일이었다. 그러나 이 말을 들은 사하크는 큰 관심을 나타내더니 이것저것을 묻기 시작했다. 사하크는 예루살렘에 가

본 적이 없었으나 이 도시를 잘 아는 듯했다. 드디어 그는 바라바에게 그곳에서 살았던 스승을 아느냐고 물었다. 사하크는 그 사람을 많은 사람들이 믿는 위대한 예언자라고 말했다. 바라바는 누구를 말하는지 뻔히 알면서도 그저 그 사람에 관해 들은 적은 있다고 말했다. 사하크는 그 사람에 관해 무엇이든 알고 싶어 했으나 바라바는 그 사람에 관해 잘 모른다고 대답하면서 이야기하기를 회피했다. 사하크가 바라바에게 직접 그 사람을 본 적이 있느냐고 물었다. 바라바는 사실은 본 적도 있다고 대답했다. 사하크는 바라바가 직접 본 적이 있다는 사실을 굉장히 중요하게 생각했다. 그래서 그는 조금 있다가 바라바에게 그 사람을 보았다는 게 정말이냐고 다시 한번 더 물었다. 그러자 바라바는 무관심하게 본 적이 있다고 대답했다.

사하크는 곡괭이를 내리고 서서 생각에 잠겼다. 그는 거기에 서서 그에게 일어난 일에 완전히 몰두했다. 모든 것이 그에게는 달라졌다. 그는 왜 모든 것이 이렇게 달라질까 하고 의아해했다. 갱도 안이 변형되고 모든 것이 전과 같지 않았다. 그는 하느님을 본 사람과 쇠사슬에 묶여 있는 것이다.

생각에 잠겨 서 있다가 사하크는 노예 감독의 채찍에 등을 얻어맞았다. 감독이 마침 그곳을 지나갔던 것이다. 매서운 채찍에 얻어맞은 그는 채찍을 피하려는 듯 웅크리더니 열심히 곡괭이질을 했다. 감독이 지나간 다음에 보니 그는 피투성이가 되어 있었으며 가느다란 몸은 아직도 떨고 있었다. 조금 시간이 흐른 뒤에야 겨우 다시 입을 열게 된 그는 바라바에게 어떻게 해서 스승을 보게 되었느냐고 물었다. 신전에서 보았는지, 지성소(至聖所)에서 보았는지, 아니면 스승께서 미래의 왕국에 관해 설교할 때 보았는지, 그렇지 않으면 도대체 어디서 보았는지 물어댔다. 바라바는 처음에는 말하려들지 않았다. 그러나 결국 골고다에서 보았노라고 대답했다.

"골고다? 그게 어디요?"

바라바는 그곳은 죄수들을 십자가에 못박아 죽이는 형장(刑場)이라고 말했다.

사하크는 말이 없었다. 그러더니 눈길을 떨구고 조용히 입을 열었다.

"그러면, 그때구나……."

이것이 사하크와 바라바가 십자가에 못박혀 죽은 스승에 관해 이야기를 시작한 첫날이었다. 그들은 그 후 가끔 스승에 관해 이야기했다.

사하크는 스승에 관해 많은 것을 듣기를 원했는데, 특히 스승께서 전한 성스러운 말과 스승께서 행한 위대한 기적들에 관해 듣고 싶어 했다. 그는 물론 스승께서 십자가에 못박혀 죽었음을 알았으나 바라바가 차라리 다른 이야기를 해주기를 원했다.

골고다…… 골고다……. 그가 너무나 잘 아는 일에 대한 이름치고는 귀에 익지 않은 낯선 말이었다. 구세주가 십자가에서 어떻게 죽었는지에 관해, 그리고 그때 일어난 놀라운 일들에 관해 그는 많이 들었다. 그는 바라바에게 그때 신전의 장막이 찢어진 것을 보았느냐고 물었다. 그리고 바위가 갈라져 나간 것도 보았느냐고 물었다. 사하크는 바라바가 바로 그 순간 그곳에 있었으니까 바위가 갈라지는 것을 틀림없이 보았을 것이라고 말했다.

바라바는 직접 보지는 못했지만 그랬을 거라고 대답했다.

"그리고 그분은 죽었다가 무덤에서 살아나셨네! 그분은 그분을 증거하기 위해, 그분의 권능과 영광을 증명려고 죽음의 땅에서 다시 살아나셨네!"

"그렇지" 하고 바라바가 대답했다.

"그분이 숨을 거둘 때 세상이 온통 어두워졌나?"

"그랬네."

바라바는 그 어둠을 보았다. 바라바는 그것을 보았다.

사하크는 이런 이야기를 듣고 무척 기뻐했다. 그러나 그는 동시에 처형장에 대한 생각으로 고심하는 듯했다. 그는 갈라진 바위며, 그 위에 있는 십자가며, 그 위에 하느님의 아들이 제물로 바쳐져 매달린 것을 볼 수 있었다. 그렇다. 구세주는 고난을 겪고 죽는 것이 마땅하다. 구세주께서는 우리를 구원하려고 그렇게 할 수밖에 없었다. 물론 이것은 이해하기 힘들지만, 하여튼 그래서 그분께서 고난을 당하신 것이다. 사하크는 영광 속에 있는 그분을 생각하는 것을 더 좋아했다. 그는 이곳과는 모든 것이 다른 그 자신의 왕국에 있는 그분을 생각하고 싶었다. 그래서 그는 자기와 함께 쇠사슬에 묶인 바라바가 골고다가 아닌 다른 곳에서 그분을 보았기를 바랐다. 바라바가 구세주를 여러 곳에서 보았더라면 좋았을 것을.

"그분을 그곳에서만 보았나? 그건 좀 이상한데? 자네는 거기 왜 갔나?"

그가 바라바에게 물었다.

그러나 바라바는 이에 대해 대답하지 않았다.

사하크는 나중에 바라바에게 그분을 다른 곳에서 본 적은 없느냐고 다시 물었다. 바라바는 처음에는 대답하지 않았다. 그러다가 자기가 스승이 재판을 받던 관정(官庭)의 뜰에도 있었다고 말하고 그때 본 것을 모두 이야기해주었다. 바라바는 그때 그분의 주위에서 보인 특이한 빛에 관해서도 이야기했다. 이 후광에 관한 이야기를 듣고 사하크가 무척 행복해하는 모습을 보면서 바라바는 지하 감옥에서 나온 직후라 햇빛에 눈이 부셨기 때문이라고 굳이 덧붙이지 않았다. 뭐 하러 그런 이야기까지 한단 말인가? 사하크에게는 흥미없는 이야기였다. 그것은 누구에게나 흥미가 없는 이야기였다. 바라바는 기적을 설명하지 않음으로써 사하크를 행복하게 했다. 사하크는 이 빛에 관한 이야기를 자꾸 되풀이하여 듣고 싶어 했다. 사하크의 얼굴은 빛이 났으며 심지어는 바라바도 그의 행복감을 더불어 느꼈다. 마치 그들은 이 행복감을 함께 나누는 듯했다. 사하크가 부탁할 때마다 바라바는 자신이 경험한 놀라운 환영에 관해 말해주곤 했다. 그 환영은 오래전 일이었으나 바라바는 다시 눈앞에 보는 듯 생생히 상상이 되었다.

얼마 지난 뒤에 바라바는 사하크에게 자신이 주님의 부활을 목격했노라고 말했다. 물론 주님이 죽음에서 살아나는 것을 본 것은 아니었다. 아무도 그것을 직접 본 사람은 없다. 그러나 그는 한 천사가 창 끝처럼 팔을 쭉 펴고 하늘에서 쏜살같이 내려오는 것을 보았다고 말했다. 천사의 외투는 불꽃처럼 타고 있었다고 말했다. 그러더니 창 끝이 무덤을 덮은 바위에 꽂히고 돌이 둘로 갈라져 굴러 내렸다고 말했다. 그러고는 무덤 안이 비어 있는 것을 보았다고 말했다.

사하크는 놀란 표정으로 이야기를 들었다. 그의 크고 총명해 보이는 눈이 바라바를 떠나지 않았다. 그런 일이 가능할까? 이 비참한 더러운 노예가 정말 그런 일을 보았을까? 바라바는 기적 중에서도 가장 위대한 기적이 일어나는 곳에 있지 않았나? 바라바는 누구일까? 이런 것을 경험하고 주님에게 그렇게 가까이 있었던 이 사람과 한 쇠사슬에 묶인 자신은 얼마나 복받은 것일까?

사하크는 바라바의 이야기를 듣고 좋아서 어쩔 줄을 몰랐다. 그리고 그는 이제 자기의 비밀을 바라바에게 털어놓지 않으면 안 되겠다고 생각했다. 그는 더는 비밀을 간직할 수가 없었다. 그는 아무도 오지 않는 것을 확인하려고 좌우를 조심스럽게 둘러보더니 바라바에게 보여줄 것이 있다고 나직이 말했다. 사하크는 암벽에 선반처럼 나온 돌 위에서 타는 기름등 쪽으로 바라바를 데려갔다. 그는 펄럭거리는 불빛 옆에서 그가 목에 걸고 있는 동전 모양의 표를 바라바에게 보여주었다. 노예들은 모두 이런 표를 목에 걸었다. 거기에는 주인의 인장이 찍혀 있었다. 이 광산 속의 노예들은 로마 제국의 노예이므로 로마 제국의 인장이 찍힌 표를 가지고 있었다. 그러나 사하크의 것 뒷면에는 이상하고 불가사의한 기호가 여러 개 있었다. 사하크도 바라바도 판독할 수 없는 것이었다. 그러나 사하크는 그것이 하느님의 아들, 구세주, 십자가에 못박힌 구세주의 이름이라고 설명했다. 바라바는 신기한 뜻을 지닌 듯한 이상스럽게 찍혀 있는 기호를 놀란 표정으로 보았다. 사하크는 그것이 하느님의 아들의 노예라는 것을 나타낸다고 나지막한 목소리로 말했다. 그는 구세주의 노예라는 것이다. 그리고 그는 바라바에게 그것을 만져보게 했다. 바라바는 한참 동안 그것을 손에 쥐고 서 있었다.

감독이 오는 소리가 잠깐 나는 듯했다. 그러나 감독은 오지 않았다. 그들은 그 글씨를 다시 한번 보았다. 사하크는 한 그리스인 노예가 써주었다고 말했다. 그 그리스인 노예는 예수를 믿는 사람으로서 사하크에게 구세주에 대해서 말해주었고 구세주의 왕국이 곧 올 것이라고 말했다 한다. 그가 바로 사하크에게 믿음을 가르쳐준 사람이었다. 사하크는 용광로가 있는 데서 그 사람을 만났다고 했다. 그곳에 가면 아무도 1년 이상 살지 못했는데, 그 그리스인 노예는 1년을 훨씬 못 살았다. 그는 뜨거운 열 속에서 마지막 숨을 거두었는데, 사하크는 그가 "주여, 저를 버리지 마소서!" 하고 가는 목소리로 말하는 것을 들었다고 했다. 다른 사람들이 그리스인 노예의 발에서 쇠사슬을 쉽게 풀려고 그의 다리를 자르고 그를 용광로 속에 던져 넣었다고도 했다. 용광로가 있는 데서는 사람이 죽으면 늘 이렇게 처리했다. 사하크도 같은 방법으로 죽게 될 거라 예상했다. 그러나 얼마 있다가 그곳의 노예 중 여러 명이 손이 모자라던 이곳으로 오게 되었고 사하크도 그 속에 끼게 되었다.

사하크는 이제 바라바가 자기가 기독교인임을, 자기가 하느님의 노예임을 알게 되었다고 말을 끝맺으면서 바라바를 뚫어지게 바라보았다.

바라바는 이 일이 있은 후 여러 날 동안 침묵을 지키면서 혼자 생각에 잠겼다. 그러더니 사하크에게 이상하게 떨리는 목소리로 그의 표에도 같은 글씨를 새겨주지 않겠냐고 부탁했다.

사하크는 새길 줄 안다면 얼마나 좋겠느냐고 대답하더니, 그 비밀 기호를 이해하지는 못했으나 자기 표를 보고 그대로 베낄 수는 있을 거라고 말했다.

그들은 감독이 다시 지나갈 때까지 기다렸다. 사하크는 감독이 지나간 직후에 기름등 옆에서 날카로운 돌 조각으로 그 기호들을 새기기 시작했다. 경험도 없는 데다가 알지도 못하는 기호를 베낀다는 것이 사하크에게 쉬운 일은 아니었다. 그러나 그는 최선을 다했다. 사하크는 가능한 한 비슷하게 만들려고 노력했다. 그들은 누가 오거나, 누가 오는 것같이 생각되어 여러 번 중단해야 했으나 마침내 그 작업을 끝냈다. 그리고 그들은 그것이 아주 비슷하게 되었다고 생각했다. 두 사람은 모두 자기 표찰에 새겨진 글씨를 들여다보았다. 그들이 전혀 이해하지 못하는 그 신비스러운 기호들을 들여다보았다. 그러나 그들은 그것이 십자가에 못박힌 구세주의 이름을 나타낸다는 것은 알았다. 그들은 그들이 구세주의 종이라는 것을 알았다. 그들은 무릎을 꿇고 그들의 주님이며, 구세주며, 모든 핍박받는 사람들의 하느님에게 열렬한 기도를 올렸다.

좀 떨어진 곳에서는 감독이 등불을 향해 엎드린 그들을 보고 있었다. 그들은 기도에 열중했기 때문에 아무것도 눈치채지 못했다. 감독은 그들에게 달려가서 죽도록 채찍질을 했다. 감독이 실컷 채찍질을 하고 돌아서자 사하크는 땅에 쓰러졌다. 그것을 본 감독은 다시 돌아서서 채찍질로 사하크를 일어나게 했다. 둘은 서로 의지하여 비틀거리면서 일을 시작했다.

바라바가 그 십자가에 못박혀 죽은 사람 때문에 고난을 당한 것은 이번이 처음이었다. 바라바 대신 십자가에 못박혀 죽은, 가슴에 털 없고 살결 창백한 스승으로 인해 처음으로 바라바가 박해를 받은 것이다.

이렇게 여러 해가 지나갔다. 날이 가고 또 날이 갔다. 땅속에 있는 노예들은 해가 어떻게 가는지 알 수 없었다. 지칠 대로 지친 몇백 명의 노예들이 자기 위해 한데 모이면 그제서야 밤이 온 줄 알았다. 이곳 노예들은 광산 밖으로 나가는 것이 허용되지 않았다. 그림자 같은 죽음의 땅속에 있는 노예들은 핏기 없는 모습으로 한 해가 가고, 또 한 해가 가도 영원히 어두운 땅속에서 살아야 했다. 빛이라고는 껌뻑거리는 등불과 여기저기에 있는 장작불뿐이었다. 광산 입구 근처에서는 햇빛이 약간 비쳐드는 것을 볼 수 있었다. 거기서는 하늘이라고 짐작되는 것을 쳐다볼 수도 있었다. 그렇다 해도 노예들은 대지까지 볼 수는 없었다. 그들이 한때 살던 세상은 볼 수 없었다. 그리고 굴 문을 통해 음식이 광주리와 더러운 통에 담겨 밑으로 내려왔으며, 노예들은 그것을 짐승처럼 받아 먹었다.

사하크는 큰 슬픔에 잠겼다. 바라바가 더는 그와 기도를 하려 하지 않았기 때문이다. 바라바는 그의 노예 표찰에 주님의 이름을 새겨달라고 한 후 한두 번 기도를 하고는, 그 후로 전연 기도를 하려 하지 않았다. 바라바는 점점 더 말이 없어지고 이해할 수 없게 이상해져 갈 뿐이었다. 사하크는 아무것도 이해할 수 없었다. 그에게는 바라바의 그런 행동이 불가사의하게만 느껴졌다. 사하크는 혼자서 계속 기도했다. 그러나 바라바는 사하크가 기도하는 것을 보기도 싫다는 듯 몸을 돌려버렸다. 바라바는 사하크가 기도할 때 그를 막는

방패 역할을 했다. 바라바는 사하크가 기도할 때 다른 사람에게 보이지 않게 해주었다. 바라바는 마치 사하크가 기도하는 것을 도와주고 싶어 하는 듯했다. 그러나 바라바 자신은 기도를 하지 않았다.

왜 바라바는 기도를 하지 않을까? 그 이유가 무엇일까? 사하크는 짐작도 할 수 없었다. 그 이유는 사하크에게 도무지 풀 수 없는 수수께끼였다. 바라바가 그에게는 수수께끼가 되었다. 이제까지 사하크는 그들이 같은 형벌을 받아 이 땅속까지 와서 이렇게 가까이 지냈으며 특히 몇 번을 함께 엎드려 기도도 했으므로 바라바를 잘 안다고 생각해왔다. 그러나 갑자기 사하크는 자신이 그에 관해서 전혀 모르고 있음을 깨달았다. 그가 바라바에게 그렇게 마음을 썼는데도 실제로는 그에 관해 아무것도 모르고 있음을 깨달았다. 가끔 사하크는 자기 옆에 있는 이 이상한 사람이 어떤 면에서 자기와는 아주 동떨어진 데 사는 사람처럼 느껴졌다.

그는 누구일까?

그들은 계속 서로 말을 주고받았으나 둘 사이는 결코 전과 같지 않았다. 서로 이야기를 할 때면 바라바는 등을 반쯤 돌렸다. 사하크는 다시 바라바의 눈을 볼 수 없었다. 사실 이제까지 사하크가 바라바의 눈을 본 적이 있었던가? 이제야 사하크는 그가 바라바의 눈을 본 적이 과연 있었는지 생각해보게 되었다.

그와 함께 묶인 사람은 과연 어떤 사람인가?

바라바는 그가 본 환영들에 대해 다시는 이야기하지 않았다. 바라바의 이야기를 다시 듣지 못하게 된 사하크의 마음을, 그 공허함을 이해하는 것은 어렵지 않으리라. 사하크는 그 환영을 다시 회상해보려고 노력했다. 그의 눈앞에 그것을 나타나게 해보려고 애썼으나 쉽지 않았다. 그리고 그것은 전과 같지 않았다. 어떻게 그것이 같을 수 있을까? 사하크는 사랑하는 그분 옆에 서 있어본 적이 없으며, 그분의 후광에 눈부셔본 적도 없었다. 그는 하느님을 본 적이 없었다.

그는 바라바의 눈을 통해 본 그 놀라운 느낌의 기억을 더듬는 것에 만족할 수밖에 없었다.

사하크는 부활절 아침의 환영을 특히 좋아했다. 불타는 천사가 섬광처럼 내려와서 주님을 저승에서 구해준 장면을 무엇보다 좋아했다. 이 환영을 보고 있을 때의 사하크는 그의 주님이 죽음에서 일어나신 게 틀림없으며 살아 계시다고 믿었다. 그리고 그의 주님께서는 가끔 약속했듯이 이 세상에 그의 왕국을 세우시려고 곧 돌아오신다고 믿었다. 그는 이것을 한순간도 의심하지 않았다. 그는 그 일이 반드시 일어날 것이라고 확신했다. 그렇게 되면 이 지옥 같은 곳에서 시들어가는 노예들도 광산에서 불려 나가게 될 것이다. 그렇다. 주님께서 직접 저 광산 입구에 서서 노예들을 만나보고 노예들이 올라가는 대로 그들의 족쇄를 풀어주실 것이다. 그러면 그들은 모두 그의 왕국으로 갈 것이다.

사하크는 이날이 오기를 몹시 고대했다. 그래서 음식을 받아 먹기 위해 갱도 입구 쪽으로 갈 때마다 기적이 일어나지 않을까 하고 거기 서서 위를 쳐다보았다. 그러나 광산 안의 노예는 위에 있는 세상의 모습을 조금도 볼 수 없었다. 세상에서 무슨 일이 일어나는지 전혀 알 수 없었다. 세상에서 놀라운 일들이 많이 일어났다 해도 여기서는 전혀 알 수 없었다. 그러나 주님이 오신다면, 그런 일이 정말 일어난다면 이곳까지 그들을 부르러 오실 것이다. 주님께서는 확실히 그들을 잊지 않을 것이다. 주님께서는 여기 지옥 속에 있는 당신의 백성을 잊지 않고 찾을 것이다.

그러던 어느 날, 사하크가 암벽 앞에서 무릎을 꿇고 기도를 하는데, 놀라운 일이 일어났다. 먼저 있던 악질 감독의 후임으로 새로 온 감독이 바라바와 사하크의 뒤쪽으로 다가왔다. 워낙 조용히 다가왔기 때문에 사하크는 그를 보지 못했으며 그가 오는 소리조차 듣지 못했다. 그러나 기도하는 사하크 옆에 서 있던 바라바가 어슴푸레한 저쪽에서 누군가가 오는 것을 보고, 사하크에게 누가 온다고 나직한 목소리로 다급하게 말해주었다. 무릎을 꿇고 기도를 하던 사하크는 황급히 일어나 곡괭이질을 시작했다. 그러나 그는 들켰다고 생각하여 감독이 가까이 오자 채찍이 이미 그의 등을 때리기나 한 듯이 미리 몸을 움츠렸다. 그러나 놀랍게도 아무 일도 일어나지 않았다. 사하크와 바라바는 이상하다고 생각했다. 걸음을 멈춘 감독은 오히려 사하크에게 아주 친절한 음성으로 왜 그렇게 무릎을 꿇고 있었느냐고 물었다. 사하크는 더듬거리면서 자신의 신에게 기도했노라고 말했다.

"어떤 신인데?" 하고 감독이 물었다.

사하크가 설명하자 감독은 그도 많이 생각해보았다는 듯이 조용히 고개를 끄덕였다. 새 감독은 그도 십자가에 못박힌 '구세주'에 대해 이야기를 많이 들었으며, 자신도 많이 생각해보았다고 말하면서 사하크에게 이것저것 질문을 했다. 그분이 자신을 십자가에 못박히게 한 것이 정말 사실인가? 그분이 노예나 당할 무참한 죽음을 당한 것이 사실인가? 그런데도 그는 나중에 사람들에게 신으로서 예배를 받게 된 것이 사실인가? 참으로 이상하구나, 아주 이상한데……. 그리고 왜 그 사람을 구세주라고 부르는가? 신의 이름치고는 참 괴이하다……. 구세주란 뜻이 무엇인가? 그분이 우리를 구원한다는 뜻인가? 우리의 영혼을 구원한다는 말인가? 이상한데……. 왜 그분이 우리의 영혼을 구원하려 한단 말인가?

사하크는 가능한 한 잘 설명해보려고 애를 썼다. 그래서 감독은 이 무식한 노예의 설명이 조리가 없고 분명치 않았지만 열심히 들었다. 감독은 가끔 머리를 흔들었으나 내내 사하크의 단순한 말이 그에게 크게 관계나 되는 듯이 열심히 들었다. 나중에 감독은 세상에는 아주 많은 신이 있다고 말했다. 그는 확실히 많은 신이 있기 때문에 사람은 안전을 위해 모든 신들에게 제물을 바쳐야 한다고 말했다. 그러자 사하크는 십자가에 못박힌 구세주는 제물을 요구하지 않는다고 말했다. 구세주는 오직 자신을 제물로 바쳤을 뿐이라고 말했다.

"뭐라고? 자신을 제물로 바친다고? 그게 도대체 무슨 말이지?"

"저기, 그것은 자신을 자기의 큰 용광로 속에 제물로 바치는 것입니다" 하고 사하크가 대답했다.

"자기의 용광로 속에?"

감독은 머리를 흔들었다. 그러고는 조금 후에 말했다.

"자네는 정말 바보 같은 노예군. 그런 어처구니없는 이야기가 어디 있나! 자네 그런 바보스러운 이야기를 어디서 주워들었지?"

"그리스 노예한테서 들었습니다. 그는 늘 그렇게 말했습니다. 저도 그 말의 의미를 확실히는 모릅니다."

사하크가 대답했다.

"모를 테지. 자넨 틀림없이 그 뜻을 모를 거야. 아무도 아는 사람이 없을걸. 자신을 제물로 바친다……. 자기의 용광로 속에……. 자기의 용광로 속에……."

그러더니 감독은 다른 사람들이 더는 알아들을 수 없게 무어라고 계속 중얼거리면서 드문드문 등불이 있는 어둠 속으로 사라졌다. 그는 마치 대지의 창자 속에서 길을 잃은 것처럼 사라졌다.

사하크와 바라바는 그들의 생활에 일어난 이 놀라운 사건에 대해 몹시 어리둥절해했다. 그들은 너무나 뜻밖의 일이라서 전혀 이해할 수가 없었다. 이 땅속에 어떻게 이런 사람이 있어 그들과 만나게 되었을까? 그는 정말 보통 감독일까? 그렇게 행동하는 감독이 있을까? 십자가에 못박혀 죽은 분에 관해서 묻지 않았나! 구세주에 관해서 묻지 않았나! 사하크와 바라바는 이런 일이 가능하다고 생각할 수 없었다. 그러나 물론 그들은 이런 일이 일어난 것에 대해 기쁘게 생각했다.

이 일이 있은 후 감독은 그들이 있는 곳을 지나칠 때면 가끔 멈추어 서서 사하크에게 말을 걸었다. 하지만 바라바에게는 한 번도 말을 걸지 않았다. 감독은 사하크의 주님에 관해서, 그의 생애에 관해서, 그의 기적에 대해서, 우리가 서로 사랑해야 한다는 그의 이상한 교훈에 관해서 사하크로 하여금 더 이야기하게 했다. 그러더니 하루는 감독이 말했다.

"나도 오래전부터 이 신을 믿으려고 생각해왔는데, 믿어지지 않아. 그렇게 이상한 것을 내가 어떻게 믿을 수 있나? 그리고 노예의 감독인 내가 어떻게 십자가에 못박혀 죽은 노예를 경배할 수 있겠나?"

사하크는 그의 주님이 사실 노예처럼 죽음을 당하긴 했으나 그가 하느님 자식이라는 것은 어쩔 수 없는 사실이라고 답변했다. 그렇다. 오직 한 분만 계신 하느님이라고 말했다. 그를 믿는 사람은 더는 다른 신을 믿지 않게 된다고 대답했다.

"단 하나뿐인 하느님이라고! 그런데 노예처럼 십자가에 못박혀 죽었다고! 억측도 분수가 있어야지! 유일한 신이 있는데 인간들이 그 신을 십자가에 못박았다는 건가?"

"네, 그렇게 된 거지요" 하고 사하크가 말했다.

감독은 어리둥절해진 표정으로 사하크를 응시했다. 그러더니 늘 그러듯이 머리를 흔들면서 어두운 갱도 속으로 사라져갔다. 사하크와 바라바는 사라져가는 감독 쪽을 바라보았다.

감독은 이 미지의 신에 관해 생각하고 있었다. 그는 이야기를 들으면 들을수록 더욱 이해할 수 없게 되었다. 정말 그가 단 하나뿐인 신일까? 우리가 기도를 드려야 할 신은 오직 그 신뿐일까? 하늘과 땅의 주인인 권능의 신이 모든 곳에, 심지어 이 땅속에까지 그의 가르침을 포교하는 것일까? 전혀 이해할 수 없는 독특한 교리가 아닐 수 없다.

"서로 사랑하라…… 서로 사랑하라……."

누가 이런 것을 이해할 수 있겠는가?

감독은 이 일을 혼자서 더 잘 생각해보려고 등불과 등불 사이의 아주 어두운 곳에 서 있었다. 그때 갑자기 그가 해야 할 일이 영감(靈感)처럼 그에게 떠올랐다. 감독은 미지의 신을 믿는 저 노예를 이 광산에서 빼내주어야겠다고 생각했다. 감독은 결국에는 다 쓰러져버릴 이 광산에서 그를 빼내어 밝은 태양 아래에서 무슨 일이든 시켜야겠다고 생각했다. 감독은 이 신을 이해하지 못했으며 그의 가르침은 더욱 이해하지 못했다. 감독에게는 이 신의 가르침이 이해될 수 없었다. 그런데도 그는 사하크를 구출하겠다고 마음먹었다. 사하크를 구출하는 것이 그 신의 뜻인 듯 여겨졌다.

감독은 지상에 올라가게 되었을 때 광산에 속한 토지에서 일하는 노예들을 맡은 감독을 찾아갔다. 땅 위의 노예를 맡은 감독은 농사꾼의 얼굴에, 크고 더럽게 생긴 입을 갖고 있었다. 그는 부탁의 내용이 무엇인가를 알게 되자 그럴 생각이 없다고 딱 잘라 거절했다. 그는 광산 안에 있던 노예를 받고 싶지 않다고 말했다. 사실은 땅을 갈아야 할 봄이 되어 노예가 여러 명 더 필요하긴 했다. 늘 그렇지만 땅갈이를 하기에 충분한 황소가 없었던 것이다. 그러나 땅속에 있던 노예는 받고 싶지 않았다. 그들은 기운도 전혀 없고 다른 노예들이 땅속에 있던 노예들과는 어울리려 하지 않았다. 그 밑에 있는 노예들이 무엇 때문에 땅 위로 올라오기를 원한단 말인가? 그러나 이상한 설득력을 가진 땅속의 감독이 땅 위의 감독을 설득시켰다. 그리고 감독은 다시 광산 안으로 돌아왔다.

다음 날 감독은 사하크한테 가서 전보다도 더 오래 사하크의 신에 관해서 이야기를 나누었다. 그러고는 나중에 그가 사하크를 위해 주선한 내용을 이야기했다. 사하크는 광산 입구 경비원에게 가서 쇠사슬을 푼 뒤 짝 죄수와 갈라지게 된다는 얘기였다. 그다음에 광산에서 나가게 되며 땅 위에 올라가면 이제부터 새로 일을 시킬 새 감독에게 넘어갈 거라고 했다.

사하크는 그의 귀를 믿을 수 없었다. 그는 감독을 응시하면서 정말이냐고 물었다. 감독은 사실이라고 말한 후 사하크의 신이 분명히 이렇게 하라 했다고 말했다.

사하크는 손으로 가슴을 누르면서 한참 말없이 서 있다가 짝 죄수와 갈라지지 않겠다고 말했다. 그들은 같은 하느님과 같은 믿음을 가졌으므로 헤어질 수 없다고 말했다.

감독은 놀란 표정으로 바라바를 보았다.

"같은 믿음이라고? 저 사람도? 그러나 저 사람은 한 번도 당신처럼 무릎을 꿇지 않았는데!"

"기도를 하지 않는 것은 사실입니다. 그러나 저 사람은 다른 방법으로 주님 곁에 아주 가까이 있었습니다. 저 사람은 주님이 십자가에 매달려 고통을 당하며 죽을 때 거기 있었습니다. 그리고 저 사람은 주님 주위에 환하게 빛이 나는 것을 보았습니다. 그리고 불의 천사가 주님을 저승에서 일어나게 하려고 무덤의 돌을 굴려버리는 것도 보았습니다. 저 사람이 나에게 주님의 영광을 가르쳐주었습니다" 하고 사하크가 대답했다.

감독은 이 이야기를 전혀 이해할 수 없었다. 그는 모르겠다는 듯이 머리를 흔들고 곁눈으로 바라바를 보았다. 눈 밑에 칼자국 흉터가 있는 바라바는 눈길을 피했다. 바라바는 늘 다른 사람과 시선을 마주치는 것을 피했다. 이 사람이 사하크의 신에 속한다고? 정말 그럴까? 감독은 바라바를 좋아하지 않았다. 그뿐 아니라 감독은 바라바까지 광산에서 내보내고 싶은 마음이 전혀 없었다. 그러나 사하크가 다시 말했다.

"나는 저 사람과 헤어질 수 없습니다."

감독은 중얼거리더니 바라바 쪽을 흘겨보았다. 드디어 그는 아주 내키지 않지만 사하크가 원하는 대로 해주겠다고 동의했다. 사하크와 바라바를 전과 같이 동행이 되게 해주겠다고 승낙했다.

사하크와 바라바가 지정된 시간에 경비원한테 가자 그는 그들의 쇠사슬을 모두 풀어주고 광산 밖으로 내보냈다. 그들이 광산 밖으로 올라가자 그곳은 대낮이었다. 봄 햇살이 산에 찬란히 비쳤으며, 라벤더와 약나물의 향기가 코를 찔렀다. 그리고 아래 계곡의 푸른 들과 저 건너 바다에도 햇살이 찬란히 내리쬐고 있었다. 사하크는 무릎을 꿇더니 환성을 질렀다.

"그분이 오셨다. 그분이 오셨다. 보라! 그의 왕국이 여기 세워졌구나!"

사하크와 바라바를 데리러 온 노예 감독은 사하크가 무릎을 꿇은 것을 보더니 어리둥절한 표정을 지었다. 감독은 사하크에게 일어나라고 발길질을 했다.

"자, 가자" 하고 감독이 외쳤다.

12

바라바와 사하크는 쟁기질을 함께 하기에 적합했다. 그들은 이제
까지 아주 오랫동안 함께 붙어 일을 했으므로 한 쌍의 노새처럼 사
이 좋게 쟁기질을 했다. 물론 그들은 여위어 뼈만 남은 데다 머리의
반이 깎여 있어 다른 노예들의 웃음거리가 되었다. 그러나 그중 한
사람은 상당히 빠른 속도로 회복되었다. 그는 원래 체격이 건장한
사내였다. 얼마 지나지 않아 바라바와 사하크는 쟁기질을 꽤 잘했
다. 감독이 그들을 만족스럽게 여긴 것은 다 이유가 있었다. 광산에
서 올라온 죄수치고는 그렇게 기운이 없는 놈들이 아니었던 것이다.
　바라바와 사하크는 그들이 이렇게 된 데 대해 무한히 감사하는
마음뿐이었다. 심지어 아침부터 밤까지 소처럼 일을 시킨다 해도
전과는 아주 다른 것이었다. 신선한 대기 속에 나와 있다는 것만으
로도, 이 공기를 마실 수 있다는 것만으로도 모든 것이 전보다 쉽기

만 했다. 그들의 말라깽이 몸이 땀으로 젖고 짐승처럼 부림을 당하는 등 육신의 대우야 전보다 나을 게 없었지만 그들은 태양이 좋기만 했다. 채찍은 광산 안에서와 마찬가지로 그들의 등에 떨어지곤 했다. 특히 바라바처럼 힘이 세지 못한 사하크는 자주 채찍으로 맞았다. 그런데 그들은 생기를 되찾았다. 그들은 다른 생물들과 같이 땅 위에서 살았다. 그들은 이제 저 지하의 영원한 어둠 속에서 사는 것이 아니었다. 아침이 오고 저녁이 되고 낮과 밤이 바뀌고, 그리고 그들은 이 모든 광경을 보고 이 모든 광경이 주는 기쁨을 알았다. 그러나 그들은 하느님의 왕국은 아직 오지 않았음을 잘 알고 있었다.

점차 바라바와 사하크에 대한 다른 노예들의 태도가 바뀌어갔다. 다른 노예들은 이제 그들을 괴이한 동물로 여기지 않았다. 그들의 머리칼이 다시 자라 그들은 다른 노예들과 같아졌으며 눈에 띄는 점이 없어졌다. 참으로 놀라운 일은 그들이 광산 안에서 일하던 죄수였다는 점이 아니라 그들이 저주받은 지옥에서 빠져나올 수 있었다는 사실이었다. 사실 처음 이곳에 왔을 때부터 그들이 다른 노예들에게 호기심을 불러일으키고 존경심 비슷한 것을 느끼게 한 것은 바로 이 점 때문이었다. 물론 바라바와 사하크는 그들이 어떻게 하여 땅속에서 올라오게 되었는지를 말해주지 않았다. 다른 노예들은 이 두 사람이 어떻게 지옥에서 빠져나올 수 있게 되었는지 알아내려고 애를 썼으나 죄다 헛수고였다. 새로 온 노예들은 말하기를 좋아하지 않았으며, 특히 이 기적에 대해서는 전혀 이야기를 꺼내려 하지 않았다. 그들은 좀 이상한 데가 있었으며 둘이서만 어울렸다.

바라바와 사하크는 이제 더는 붙어다닐 필요가 없었다. 그들은 이제 한 쇠사슬에 묶인 것이 아니었기 때문이다. 그들은 마음만 있다면 다른 노예와도 친구가 될 수 있었다. 이제 더는 마주 앉아서 음식을 먹고 나란히 누워 잘 필요가 없었다. 그러나 그들은 아직도 붙어 다녔다. 그들은 서로 떨어질 수 없는 것처럼 늘 나란히 서서 걸어 다녔다. 바라바와 사하크는 이제 상대에 대해 부끄러움을 느끼게 되었으며 서로 말하기가 더 힘들어졌다는 사실을 생각해본다면 그들이 붙어 다니는 것이 더욱 이상했다. 그들은 서로 떨어져 있으면서도 얽매여 있는 듯이 행동했다.

바라바와 사하크는 일할 동안은 나란히 행동하지 않을 수 없었다. 그러나 다른 때는 다른 노예들과 섞일 수 있었으므로 둘이 함께 있을 필요가 없었다. 그러나 그들은 함께 있는 것이 너무나 습관처럼 되었으며 이제는 비록 없어졌지만 쇠사슬이 너무 몸에 배어 있었다. 그들은 한밤중에 잠에서 깨어나 그들이 쇠사슬에 한데 묶이지 않음을 느끼면 겁을 먹었고, 그들이 전과 같이 나란히 누워 있다는 사실만이라도 확인해야 마음이 가라앉았다. 자기 짝이 옆에 있음을 알게 되면 비로소 안도감을 느꼈다.

바라바가 이렇게 될 줄이야! 그가 이렇게 되었다는 것은 참으로 기이한 일이었다. 바라바처럼 다른 사람한테 얽매이는 것을 싫어하는 사람도 없었다. 그러나 바라바는 자의는 아니지만 다른 사람한테 얽매여왔다. 더구나 그는 쇠사슬에서 풀렸는데도 아직 어떤 의미에서 쇠사슬에 얽매여 있었다. 분명히 그는 쇠사슬이 없으면 오히려 불안한 듯했다. 물론 그 쇠사슬을 풀어버리려고 마구 잡아뜯기도 했지만……

그러나 사하크는 그렇지 않았다. 그는 반대로 쇠사슬이 풀린 후 그들의 관계가 전과 같지 않음을 매우 가슴 아프게 생각했다. 그는 왜 그들의 관계가 전과 같지 않을까 고민했다.

바라바와 사하크는 저 지하 갱도에서, 지옥에서, 기적적으로 구출되어 나온 일에 관해 서로 이야기하지 않았다. 처음 하루 이틀은 구출된 일에 관해 이야기를 나누었으나 그다음부터 그 일에 관해서는 말을 입 밖에 내지 않았다. 사하크는 처음에 그들이 하느님의 아들에 의해 구출되었다고 말했다. 그것은 사실이다. 물론 그들은 하느님의 아들 덕분에 구출되었다. 그러나 사실 구세주에 의해 구출된 것은 사하크며 바라바는 사하크 덕분에 구출된 것이다. 이것은 틀림없는 사실이 아닌가?

어떻다고 잘라 말하기 곤란했다.

여하간 바라바는 사하크가 자기를 구해준 데 대해 감사했다. 그렇다면 사하크는 하느님에게 감사했나? 그렇다. 분명히 그는 하느님에게 감사했다! 그러나 바라바는 자신을 구해준 것이 하느님의 아들인지, 사하크인지 분명히 말하기 곤란했다.

사하크는 그렇게 아끼는 바라바에 관해서 실은 아무것도 모르고 있음을 심히 개탄했다. 그리고 그 지하 갱도에서, 지옥에서 그랬던 것처럼 함께 기도를 하지 못하게 된 것이 사하크에게는 못 견디게 가슴 아픈 일이었다. 사하크는 함께 기도하기를 얼마나 원했는지 모른다. 그러나 그는 바라바를 책망하지는 않았다. 그는 그저 자기가 바라바를 이해하지 못한다고 생각했다.

바라바에게는 이해할 수 없는 점이 한두 가지가 아니었다. 그러나 구세주께서 죽었다가 다시 부활한 것을 목격한 것도 바라바요, 구세주의 후광을 본 것도 바라바였다. 물론 이제 그들은 이런 일에 관해서도 이야기를 나누지 않았다.

사하크의 마음에 몹시 걸리는 것이 한 가지 있었다. 그러나 그가 애를 태운 것은 자기 때문이 아니었다. 사하크의 머리는 눈처럼 하얬고 수척하게 그을린 얼굴에는 용광로에서 튄 불똥에 덴 흉터투성이였으며 여윈 몸은 채찍 자국으로 성한 데가 없었다. 그러나 사하크는 자기 자신 때문에 슬퍼하지는 않았다. 그는 그 자신에 대하여는 반대로 만족해했다. 특히 그의 주님이 그에게 기적을 일으켜 그를 다시 햇빛이 내리쬐는 대지 위로, 백합이 만발한 들로 보내준 지금, 그는 행복하기만 했다. 그는 전에 백합이 만발한 들을 아름답다고 말한 적이 있었다.

사하크 자신도 바라바에게 같은 기적을 일으켜주었다. 그러나 바라바는 다시 그의 눈앞에 전개되는 세계를 불안한 눈으로 바라보았다. 그가 무엇을 생각하는지를 아는 사람은 아무도 없었다.

바라바와 사하크는 다시 지상에 올라온 후 처음 얼마 간은 이렇게 지냈다.

봄에 땅 가는 일이 끝나자 그들은 물 대는 일을 하게 되었다. 날씨가 더워지기 시작해, 심은 것을 말려 죽이지 않으려면 부지런히 물을 대주어야 했다. 이 일도 힘들었다. 그다음에 추수를 하게 되자 그들은 제분소로 옮겨 가게 되었다. 이 제분소는 로마 총독의 저택을 둘러싼 많은 건물 중 하나였다. 다른 한쪽에 더러운 원주민 마을이 있었으며 이 작은 도시는 선창가를 안고 있었다. 바라바와 사하크는 이렇게 해서 바닷가로 오게 된 것이다.

그들이 애꾸를 만난 것은 바로 이 제분소에서였다.

애꾸는 몸이 땅딸막하며 머리를 짧게 깎고 있었다. 그의 잿빛 얼굴은 주름살로 가득했으며 입도 주름져 있었다. 밀가루를 몇 말 훔친 벌로 한쪽 눈알을 빼앗겨버린 그는 나머지 한쪽 눈으로 힐끔힐끔 쳐다보곤 했다. 애꾸는 또한 이 절도죄로 커다란 나무 틀을 목에 걸고 다녔다. 그의 임무는 자루에 밀가루를 넣어 그것을 창고로 나르는 것이었다. 그는 임무도 간단했고 모습도 보잘것없었지만 몇 가지 이유 때문에 다른 노예들보다 눈에 띄었다. 아마도 그가 옆에 오면 다른 노예들이 이상하게 불안감을 느끼게 되기 때문인지도 몰랐다. 사람들은 애꾸가 옆에 있는지 없는지, 좌우를 둘러보지 않고도 늘 알 수 있었다. 사람들은 애꾸의 강한 시선을 뒤통수로도 느낄 수 있었다. 사람들은 그를 정면으로 마주보는 경우가 거의 없었다.

애꾸는 새로 온 두 노예에게 아무런 관심도 보이지 않았다. 그는 두 사람의 얼굴을 한 번도 쳐다보지 않은 듯했다. 그가 비웃는 듯한 눈초리로 바라바와 사하크가 가장 무거운 맷돌 작업을 맡게 된 것을 관찰하는 모습은 아무도 보지 못했다. 아무도 애꾸가 웃음짓는 것을 볼 수 없었다. 잿빛의 쭈글쭈글한 입을 가진 애꾸가 웃음지으려 하는 것을 아무도 볼 수 없었다. 제분소에는 맷돌이 네 개 있었는데, 맷돌 하나를 노예 둘이 돌렸다. 보통은 노새가 맷돌을 돌렸으나 이곳에서는 노새가 사람보다 귀했고, 사람이 훨씬 많이 남아돌았으며, 노새보다 사람을 먹이는 것이 더 경제적이었다. 그러나 바라바와 사하크는 이곳에서 주는 음식이 광산에 있을 때보다는 훨씬 양이 많다고 생각했다. 그래서 그들은 중노동을 했는데도 차츰 몸이 전보다 나아졌다. 감독도 그들을 심하게 다루지 않았다. 감독은 튼튼하게 생긴 사람이었는데, 채찍을 사용하지는 않고 등 뒤에 둘러메고 왔다 갔다 하기만 했다. 그는 편한 것을 좋아하는 사람이었다. 단 한 번 그가 채찍 맛을 보여준 대상은 늙은 장님 노예였는데, 채찍을 맞은 늙은 장님은 더는 일어서지 못할 뻔했다.

제분소 안은 밀가루로 온통 하얬다. 벽이며, 바닥이며, 천장의 거미줄에도 사시사철 밀가루가 덮여 있었다. 공기는 밀가루 먼지로 탁했으며 노예들이 네 개의 맷돌을 한꺼번에 굴리는 소리가 하루 종일 들렸다. 제분소에서 일하는 노예들은 모두 옷을 입지 않았는데, 애꾸만은 자루로 만든, 허리에 두르는 옷을 입었다. 몸집이 작은 애꾸는 이 밀가루 제분소를 쥐처럼 들락거렸다. 그의 목에 걸린 나무 틀은 그가 덫에 걸렸다가 빠져나온 듯한 인상을 주었다. 사람들의 말에 의하면, 자루에서 밀가루를 훔쳐 먹지 못하게 하려고 애꾸의 목에 나무 틀을 걸어주었으나 그는 창고에 혼자 있을 때면 자루에서 밀가루를 꺼내 먹는다고 했다. 또 그가 밀가루를 훔쳐 먹는 것은 배가 고파서가 아니라 반항심에서 그러는 것이라고 했다. 그는 다시 한번 훔치다 들키면 나머지 눈알마저 뽑히게 되어 늙은 장님과 같이 맷돌 굴리는 일을 맡게 될 것임을 잘 알았다. 애꾸에게는 맷돌을 굴리는 일이 도저히 감당할 수 없는 일이었기에 완전히 앞을 못 보는 장님이 된다는 공포감 못지않게 맷돌 굴리는 일을 맡게 된다는 사실이 겁났다. 그러나 이런 이야기가 어디까지가 사실인지는 알 수 없었다.

애꾸는 결코 새로 온 두 노예에게 특별한 관심을 보이지 않았다. 애꾸는 다른 사람들을 관찰할 때도 그랬지만 바라바와 사하크 역시 곁눈질로 관찰했다. 그는 바라바와 사하크에 대해 특별히 못마땅한 점을 느끼지 않았다. 그가 특별히 못마땅히 여길 이유는 없었다. 그저 새로 온 노예들을 관찰할 뿐이었다. 애꾸는 새로 온 사람들이 광산에서 올라왔다는 말을 들었다. 그가 광산에서 나온 사람을 본 것은 이번이 처음이었다. 그러나 그가 광산 노예에 대해 특별히 못마땅히 여기는 점은 없었다. 그는 자기가 아무도 미워하지 않는다고 생각했다.

새로 온 사람들이 광산에 있었다면 그들은 흉악한 범죄자임이 틀림없을 것이다. 그러나 애꾸가 보기에 그중 한 사람은 그렇게 보이지 않았다. 다른 한 사람은 흉악범처럼 보였으며 그것을 감추려고 애쓰는 것이 분명했다. 애꾸에게는 한 사람은 무례해 보였고 다른 한 사람은 멍청이 같아 보였다. 여하튼 이들이 어떻게 광산에서 나오게 되었을까? 그 지옥에서 어떻게 빠져나왔을까? 누가 도와주었을까? 이것이 궁금했다. 그러나 애꾸가 상관할 문제는 아니지 않는가!

오래 참고 있으면 저절로 내용이 밝혀지는 법이다. 어떻게든 설명이 나오게 마련이다. 즉 모든 것은 그 자신이 스스로 설명을 하게 된다. 물론 한 눈은 뜨고 있어야 한다. 애꾸가 한 일이 바로 한 눈을 뜨고 기다리는 것이었다.

어느 날 밤 애꾸는 키가 크고 몸이 마르고 소를 닮은 눈을 가진 사하크가 어둠 속에서 무릎을 꿇고 기도하는 것을 보게 되었다. 저놈이 왜 저럴까? 물론 신에게 기도를 하는 거겠지. 그런데 어느 신을 섬기는 걸까? 저런 식으로 기도를 하게 하는 신은 도대체 어떤 신일까?

자그마한 애꾸는 신들에게 기도를 드리지는 않았으나 많은 신에 관해 알았다. 그래서 우연히 생각이 나면 다른 사람들처럼 자기가 속한 사원을 찾아가 신의 상(像) 앞에서 기도를 드렸다. 그러나 이 이상한 노예는 어둠 속에서 자기 앞에 있다고 생각되는 신에게 기도했다. 그리고 그는 그의 신이 살아 있으며 그를 알아본다는 듯이 그의 신에게 말을 했다. 참 해괴한 일이었다. 그가 어둠 속에서 열심히 기도하는 목소리가 나직하지만 뚜렷이 들렸다. 하지만 거기에는 아무 신도 없지 않은가! 이것은 완전히 공상이다.

애꾸는 존재하지 않는 것에는 별로 관심이 없었지만 사하크가 기도하는 것을 본 다음부터는 그의 이상한 신이 도대체 어떤 것인가를 알아내려고 사하크에게 자주 말을 걸게 되었다. 그래서 사하크는 애꾸에게 가능한 한 잘 설명하려고 애를 썼다. 사하크는 자신이 믿는 신은 어디든지 계시며 어둠 속에도 계시다고 말했다. 또한 아무 데서나 신을 부를 수 있으며 신의 존재를 느낄 수 있다고 말했다. 사하크는 심지어 우리의 가슴속에서도 그 신을 느낄 수 있는데 그럴 수 있는 것이 가장 큰 복이라고 말했다. 애꾸는 사하크에게 참 놀라운 신을 가졌다고 말했다.

"그렇소, 그것은 사실이오."

사하크는 대답했다.

애꾸는 그가 들은 이야기를 곰곰이 생각해보았다. 그는 보이지 않으나 큰 능력을 가진 사하크의 신에 관해 생각하다가 사하크와 바라바가 광산에서 나오게 된 것이 사하크의 신 덕분이었냐고 물었다.

"그렇소" 하고 사하크가 긍정했다.

그의 주님은 모든 압박받는 사람들의 신으로, 모든 노예를 쇠사슬에서 풀어줄 것이며 그들을 보속(補贖)할 것이라고 사하크는 말했다. 그는 자신의 믿음을 포교하고 싶었고 또한 이 애꾸가 그것을 듣기를 갈망한다고 느꼈다.

"뭐라구요?" 하고 애꾸가 의아해했다.

사하크는 다른 사람들의 관심을 받지 못한, 한쪽 눈알을 빼앗긴 몸집 작은 노예가 그와 모든 사람의 구원에 관해 듣기를 원한다는 걸 점점 더 강하게 느꼈다. 그리고 애꾸가 원하는 걸 자신이 이야기해주는 것이 주님의 뜻이라고 생각했다. 그래서 사하크는 기회만 있으면 애꾸에게 이야기를 해주었다. 그러나 바라바는 못마땅하다는 듯이 사하크와 애꾸를 의심 많은 눈으로 곁눈질했다.

어느 날 저녁, 일이 끝나 맷돌에 앉아 쉴 때 사하크는 애꾸에게 그의 노예 표찰 뒤에 새겨진 글씨를 보여주었다. 이것은 실은 애꾸가 사하크의 신의 이름을 물었기 때문에 일어난 일이었다. 사하크는 그의 주님의 능력과 위대함이 그로 하여금 이 성스러운 이름을 나타내는 암호를 알게 해주었음을 증명이라도 하려는 듯 애꾸에게 그 이름을 말해주었다. 애꾸는 그 글씨에 비상한 관심을 나타내면서 이것을 써준 장본인이자 그 획의 뜻까지 아는 그리스인 노예에 관한 이야기에도 귀를 기울였다. 그와 같은 노예가 어떻게 신의 기호를 알 수 있는지 애꾸는 믿어지지 않았다.

사하크는 글씨를 한 번 더 본 뒤에 표찰을 돌려놓았다. 그리고 그 표찰을 다시 가슴 쪽으로 가져가면서 자기는 하느님의 노예며 하느님한테 속한 사람이라고 기쁜 표정으로 말했다.

"그래?" 하고 애꾸가 의아해했다.

조금 있다가 애꾸는 광산에서 함께 올라온 노예의 노예 표찰 뒤에도 이런 글씨가 있느냐고 물었다.

"그렇소, 그런데 그건 왜 묻소?"

사하크가 되물었다.

몸이 왜소한 애꾸는 고개를 끄덕이면서 물론 그럴 것이라고 말했으나 실제로 그는 사하크와 바라바가 같은 신에 대한 같은 신앙을 가졌다고는 도저히 믿기지 않았다. 왜냐하면 눈 밑에 칼자국이 있는 죄수가 기도하는 것은 한 번도 보지 못했기 때문이었다. 사하크와 애꾸는 이 이상한 신에 관한 이야기를 계속했다. 그들은 노예 표찰을 함께 본 이후에도 대여섯 번 더 이야기를 나누었다. 사하크는 이런 일로 해서 애꾸와 아주 친밀해졌다고 생각했다. 그는 애꾸에게 비밀을 털어놓은 것은 잘한 일이라고 생각했으며 주님이 그렇게 하라고 영감을 불러일으켜주었다고 확신했다.

그러던 어느 날 아침, 감독은 사하크와 바라바가 그날 중 지정된 시간에 총독 앞에 직접 출두해야 한다는 발표를 했다. 제분소의 노예들은 모두 어리둥절해했다. 이런 일은 처음 당하는 일이었다. 적어도 이번 노예 감독으로서는 처음 있는 일이었다. 감독 자신도 노예들과 마찬가지로 당황했으며 총독이 직접 죄수를 부른 이유에 대해 불안감을 느꼈다. 이 미천한 노예들이 직접 로마 총독 앞에 서다니! 감독은 두 노예를 총독 앞까지 데리고 가야 하는 일 때문에 다소 긴장한 듯했다. 그도 한 번도 총독의 관정(官庭) 안에 발을 디뎌본 적이 없기 때문이었다. 그러나 감독은 자기 자신이 관련될 일은 전혀 없다고 생각했다. 그는 노예들을 연행하기만 하면 되었다.

지정된 시간에 그들이 출발하자 제분소 안에 있는 모든 사람들이 그들이 떠나가는 모습을 지켜보았다. 작은 쥐처럼 생긴 애꾸도 거기 서서 하나뿐인 눈알로 그들이 떠나는 모습을 지켜보았다. 그는 주름진 입을 갖고 있기 때문에 웃음을 지을 수 없는 사람이었다.

사하크와 바라바는 노예 감독의 뒤를 바싹 따라 좁은 길을 걸어갔다. 길들이 아주 낯설어서 어디를 어떻게 가는지 알 수 없었다. 사하크와 바라바는 아주 바싹 붙어 갔기 때문에 다시 쇠사슬에 함께 묶인 듯했다.

그들은 커다란 집 앞에 도착했다. 문 앞에는 기둥에 쇠사슬로 묶인 몸집이 큰 흑인이 문을 지키고 있었다. 흑인 거인은 그들을 삼나무로 조각하여 만든 문 안으로 안내하더니 앞마당에서 근무 중인 장교에게 넘겼다. 장교는 감독과 두 노예를 데리고 햇볕이 내리쬐는 마당을 지나 그렇게 크지 않은 방으로 갔다. 그 방의 마당 쪽 문은 열려 있었다. 방에 들어가자 거기 로마 총독이 있음을 갑자기 깨닫게 되었다.

세 사람은 급히 엎드려 이마를 마룻바닥에 대고 조아렸다. 사하크와 바라바는 감독이 미리 시킨 대로 한 행동이었지만 아무리 높은 사람이라 하더라도 결국 사람인데, 이렇게 너무 자신을 낮추는 것은 부끄러움을 모르는 행동이라고 생각했다. 그러나 그들은 지시가 있을 때까지 감히 일어날 생각을 하지 못했다. 방 저쪽의 의자에 뒤로 기대앉은 총독이 그들에게 가까이 오라고 손짓했다. 그들은 조금씩 총독 쪽을 보면서 주춤거리며 다가갔다. 가까이 가서 보니 총독은 예순 살 정도로 보였는데 체격이 건장했다. 그의 얼굴은 살 쪘으나 힘 빠진 살이 아니었다. 언뜻 보아도 그의 입은 호령을 해오 던 그런 입임을 알 수 있었다. 또한 그의 턱은 널찍했다. 그의 눈초 리는 날카로웠으나 표독스러워 보이지는 않았다. 아주 이상하게도 총독에게서 정말 무서운 점이라고는 전혀 찾아볼 수 없었다.

총독은 먼저 노예 감독에게 두 노예가 일은 잘하는지, 행실은 어 떤지를 물었다. 감독은 노예들이 일을 잘한다고 하고 더듬거리면 서 자신은 늘 노예들을 엄하게 다룬다고 덧붙였다. 총독이 이 말의 진의를 알았는지는 분간할 수 없었다. 총독은 뚱뚱한 감독을 설핏 보더니 손을 가볍게 흔들어서 가도 좋다고 일렀다. 자신은 이 일과 전혀 관계가 없다고 생각했던 감독은 곧 물러났다. 그는 어찌나 경 황이 없던지 나오면서 그의 주인에게 등을 보이는 결례를 범할 뻔 했다.

감독이 나가자 총독은 사하크와 바라바에게 고향이 어디며, 무 슨 죄로 형벌을 받았으며, 광산에서 어떻게 나왔으며, 그것을 누가 주선했는지 등을 자세히 물었다. 총독은 내내 아주 친절하게 말했 다. 그러더니 의자에서 일어나 노예가 서 있는 곳으로 왔다. 노예들 은 총독이 키가 아주 큰 데 놀랐다. 총독은 사하크에게 다가가더니 사하크의 노예 표찰을 손에 쥐고 새겨진 인장을 보면서 사하크에게 그 각인의 뜻을 아느냐고 물었다. 사하크는 그것이 로마 제국의 인장이라고 대답했다. 총독은 고개를 끄덕이면서 맞다고 말한 후 그러므로 이것은 사하크가 제국의 소유임을 나타낸다고 덧붙였다. 그러고는 그 금속으로 만든 노예 표찰을 뒤집더니 뒷면에 있는 비밀 글씨를 흥미로운 눈으로 바라보았다.

"예수 그리스도라……" 하고 총독이 중얼거렸다. 그러자 사하크와 바라바는 총독이 하느님의 신성한 이름을 읽을 줄 안다는 사실에 경탄했다. 총독이 그 암호를 읽었다는 건 놀라운 일이었다.

"이건 누구지?"

총독이 물었다.

"저의 하느님입니다."

사하크가 좀 떨리는 목소리로 대답했다.

"아, 그래. 내가 들어본 기억이 없는 이름이군. 신이 하도 많으니까 내가 다 알 수도 없겠지. 이 신은 네 고향의 신이냐?"

"아닙니다. 모든 사람의 신입니다."

사하크가 대답했다.

"모든 사람의 신이라고? 그게 정말이냐? 흐음, 그렇다고 해두자. 나는 이 신에 대해서 한 번도 들은 적이 없는데, 말하자면 이 신은 자기 이름을 비밀로 하는 모양이구나."

"그분은 모든 사람의 하느님입니다."

사하크가 다시 한번 말했다.

"모든 사람의 신이라, 그러면 능력을 좀 갖고 있을 테지. 이 신의 요구는 뭔가?"

"서로 사랑하라는 겁니다."

"사랑하라? 음, 여하간 나와는 상관없는 일이니 좋을 대로 믿게. 그런데 왜 그의 이름을 노예 표찰의 뒷면에 새겨놓았지?"

"저는 그분의 노예기 때문입니다."

사하크의 목소리가 다시 떨렸다.

"무슨 말이냐? 그의 노예라니? 네가 어떻게 그렇게 될 수 있지? 이 인장이 말해주듯이 너는 로마 제국의 노예다. 네가 로마 제국의 노예가 아니란 말이냐?"

사하크는 대답을 못 하고 그저 고개를 떨군 채 바닥을 내려다보았다.

마침내 총독이 입을 열었다. 총독은 여전히 비교적 친절한 말투였다.

"이 질문에 대답해라. 우리는 이 점을 분명히 해야 한다. 알겠나? 너는 로마 제국의 노예냐? 대답해라."

"저는 저의 하느님이신 주님의 노예입니다."

사하크가 고개를 떨군 채 대답했다.

총독은 사하크를 바라보았다. 그러더니 사하크의 얼굴을 들어 올리고 그의 그을린 얼굴을 뚫어지게 들여다보았다. 사하크의 얼굴은 용광로에서 일하느라 불에 그을려 있었다. 총독은 아무 말도 하지 않고 조금 있다가 그가 원하는 것을 보았음인지 사하크의 턱을 놓았다. 그러고는 바라바 앞으로 가서 바라바의 노예 표찰을 같은 방법으로 뒤집어 보면서 물었다.

"너도냐? 너도 이 사랑의 신을 믿느냐?"

바라바는 대답하지 않았다.

"대답해라. 너도냐?"

바라바는 머리를 흔들었다.

"아니라고? 그런데 왜 그의 이름을 표에 새겨넣었지?"

바라바는 여전히 입을 다물고 있었다.

"그가 너의 신이 아니라고? 이 글씨가 너의 신을 뜻하는 것이 아니라고?"

"나는 신이 없습니다."

드디어 바라바가 대답했다. 너무나 작은 목소리여서 잘 들리지 않았다. 그러나 사하크와 총독은 똑똑히 들었다. 사하크는 실망과 고통에 찬 눈으로 바라바를 보았다. 사하크는 바라바의 말을 못 믿겠다는 얼굴이었다. 바라바는 차마 사하크와 시선을 맞추지 못했지만 그것이 자신의 골수를 꿰뚫는 것같이 느껴졌다.

총독도 의외라는 표정이었다.

"이상하군. 그렇다면 왜 이 '예수 그리스도'라고 새긴 표를 달고 있지?"

"믿고 싶기 때문입니다."

바라바가 대답했다. 그는 총독도 사하크도 쳐다보지 않았다. 총독은 바라바의 험상궂은 얼굴을 내려다보았다. 그는 바라바의 눈 밑 칼자국이며 아직도 힘이 넘쳐 보이는 거칠게 생긴 입을 뜯어보았다. 바라바의 얼굴에는 아무 표정도 없었다. 그래서 총독이 사하크의 얼굴을 들어 올려 살펴본 것처럼 바라바의 얼굴을 들어 올려 보아도 신통한 것을 찾아낼 것 같지 않았다. 더구나 총독은 바라바의 얼굴을 들어 올리고 싶은 마음이 들지 않았다. 왜 그런지는 총독도 몰랐다.

그는 사하크한테로 돌아섰다.

"네가 좀 전에 한 말이 무슨 뜻인지 알고 있나? 그것은 총독을 거역한다는 뜻이다. 너는 총독도 신이며 너의 노예 표찰에 총독의 인장이 찍혀 있는 이상 너는 총독의 노예라는 걸 모른단 말이냐? 아니면 알면서도 이름도 없는 신의 노예라고 말하는 거냐? 너는 그의 이름을 너의 표에 새겨넣고 네가 총독의 노예가 아니라 그의 노예라고 주장하는 거냐? 그런 거냐?"

"네."

사하크의 목소리는 좀 떨렸으나 조금 전처럼 심하게 떨리지는 않았다.

"계속 네 뜻을 고집할 테냐?"

"네."

"그렇게 말하면 어떻게 될 거라는 걸 알 테지?"

"네, 잘 압니다."

총독은 이 노예의 신에 관해 생각하면서 잠시 서 있었다. 사실은 총독도 한 노예 대신 자청하여 죽은 예루살렘의 미친 사람에 대해 최근 많은 이야기를 들었다.

'모든 노예의 쇠사슬을 풀어준다.'

'하느님 자신의 노예들을 모두 풀어줄 것이다.'

사실은 이것들은 그다지 해로운 교리는 아니었다. 그리고 노예의 소유자로서 저 따위 얼굴을 가진 노예는 사실 별로 마음에 들지 않았지만······.

"네가 네 신앙을 취소하면 아무 해도 없을 것이다. 취소하겠느냐?"

총독이 물었다.

"그럴 수 없습니다."

사하크가 대답했다.

"뭐? 그럴 수 없다고?"

"저는 저의 하느님을 부인할 수 없습니다."

"거 참 이상한 놈이로군…… 내가 너에게 어떤 형벌을 내릴지 잘 알 텐데. 너는 네 신앙을 위해 목숨을 바칠 정도로 용감하냐?"

"글쎄, 잘 모르겠습니다."

사하크가 조용히 대답했다.

"그렇게 용감하지는 않은 모양이군. 너는 목숨이 중하지 않나?"

"중합니다."

"그러나 네가 너의 신을 부정한다고 맹세하지 않으면 너를 살릴 도리가 없다. 너는 목숨을 잃게 된다."

"저는 저의 하느님이신 주님을 버릴 수 없습니다."

로마 총독은 어깨를 움찔했다.

"이제 내가 너를 위해 할 수 있는 일은 없다."

총독은 처음에 앉아 있던 책상 쪽으로 가면서 이렇게 말했다. 그는 작은 상아로 만든 망치를 들어 대리석으로 된 책상을 쳤다.

"너는 네 신과 똑같이 미쳤구나."

총독은 반은 중얼거리는 소리로 말했다.

경비병이 오기를 기다리는 동안 총독은 바라바한테로 다가가 바라바의 노예 표찰을 뒤집더니, 그의 단검을 빼내어 '예수 그리스도'

라는 글씨를 칼 끝으로 긁었다.

"너는 이 신을 믿지 않으니까 이것을 그대로 둘 필요 없겠지" 하고 로마 총독이 말했다.

총독이 칼 끝으로 글씨를 긁어버리는 동안 바라바를 보는 사하크의 시선은 바라바의 심장을 불로 지지는 듯했다. 바라바는 그 눈길을 영원히 잊지 못할 것 같았다.

경비병이 와서 사하크를 어디론가 데려가고 바라바만 남게 되자 총독은 바라바의 현명한 처신을 칭찬하면서 이에 대해 상을 주고 싶다고 말했다. 총독은 총독 관저의 노예 감독 책임자에게 가서 보고하면 지금보다 더 편한 일을 맡겨줄 것이라고 일렀다.

바라바가 언뜻 총독을 쳐다보았을 때 총독은 그의 눈에 표정이 있다는 것을 깨달았다. 총독은 바라바의 눈에 어린 표정에 악의는 없다고 생각했으나 사실 그의 시선은 증오심으로 화살끝같이 떨고 있었다.

바라바는 작업장으로 돌아가 총독이 시킨 대로 했다.

13

　사하크가 십자가에 못박힐 때 바라바는 십자가에 매달린 자기 친
구가 자기를 보지 못하게 하려고 조금 떨어진 곳 나무 덤불 뒤에 숨
어 있었다. 그러나 사하크는 십자가에 매달리기 전에 이미 지독한
고문을 당하여 누구를 알아볼 만한 상황이 아니었다. 죄수들을 십
자가에 매달기 전에 몹시 고문하여 반 죽여놓는 것이 관례로 되어
있었기 때문이다. 병정들은 총독이 고문하라는 명령을 내리는 것을
잊어버렸을 것이라고 생각했다. 실제로 총독은 고문할 생각은 없는
사람이었으나 그렇다고 고문을 하지 말라고 명령하지도 않았다. 그
래서 병정들은 안전을 위해서 이렇게 늘 고문을 했다. 병정들은 죄
인의 죄명이 무엇인지 전혀 몰랐다. 그들은 그런 것에는 개의치 않
았다. 그들은 늘 이런 식으로 일을 해왔다.
　사하크의 머리는 반이 면도질되었는데, 흰 머리칼은 피로 얼룩져

있었다. 얼굴엔 아무 표정도 없었다. 바라바는 거기 서서 친구의 얼굴을 지켜보았다. 평상시 차디찼던 바라바의 눈이 불붙는 듯했다. 바라바는 친구의 여윈 몸을 살펴보았다. 친구한테 달려가고 싶었지만 그럴 수 없는 상황이었다. 그리고 사실 꼭 달려갈 마음이 드는 것도 아니었다. 사하크의 몸은 너무나 뼈만 남고 약해 보여 이런 사람이 범죄를 저질렀을 거라는 상상조차 하기 힘들 정도였다. 그러나 갈비뼈들이 앙상하게 드러난 가슴에는 대역죄를 나타내는 로마 제국의 낙인이 찍혀 있었다. 사하크의 목에 걸렸던 노예 표찰은 그 금속을 다시 쓰려고 제거되었다. 그것은 이제 더는 필요가 없었다.

처형장은 도시 밖 조금 언덕진 곳에 있었는데 주위에는 약간의 나무 덤불뿐이었다. 이 덤불 뒤에 사면된 바라바가 서 있었다. 처형을 맡은 병정들과 바라바 외에는 아무도 없었다. 사하크의 죽음을 구경하려는 사람은 아무도 없었다. 처형이 있을 때면 가끔은 사람들이 많이 모이곤 했다. 특히 흉악한 범죄를 저지른 죄인일 때는 많이들 모여들었다. 그러나 사하크는 살인을 한 것도 아니고 강도질을 한 것도 아니었다. 그를 아는 사람도 없었고 그가 무슨 일을 했는지 아무도 몰랐다.

이 일은 사하크와 바라바가 광산에서 나온 지 1년이 되었을 때 일어났다.

계절은 다시 봄이었다. 광산에서 처음 나왔을 때 사하크는 무릎을 꿇으면서 "주님께서 오셨다!"고 외쳤다. 이제 다시 봄을 맞은 대지는 푸르렀고 이 피로 더럽혀진 형장에도 많은 꽃이 피었다. 그러나 한낮이라 몹시 더웠으며, 사람이 움직일 때마다 큰 파리 떼가 날

아다니곤 했다. 사하크의 몸도 온통 파리투성이였다. 그러나 그에
겐 이제 파리를 쫓을 기운도 없었다. 사하크의 죽음에는 대단한 것
이 아무것도 없었다.

그러니 바라바가 사하크의 죽음을 보고 감동을 느꼈다면 이상한
일일 것이다. 그러나 바라바는 감동했다. 바라바는 하나도 빼지 않
고 다 기억하려고 작정이나 한 듯 모든 것을 지켜보았다. 이마와 깊
숙한 겨드랑이에서 흐르는 땀, 로마의 낙인이 찍힌 채 숨을 가쁘게
쉬는 가슴, 그리고 아무도 쫓아주지 않는 파리 떼. 머리를 축 늘어뜨
린 채 죽어가는 사람 특유의 신음 소리를 내고 있었다. 바라바가 서
있는 곳에서도 숨소리가 또렷하게 들렸다. 바라바 또한 숨을 가쁘
게 쉬었으며, 십자가에 매달린 그의 친구처럼 입을 반쯤 벌리고 있
었다. 바라바는 목이 타는 것 같았다. 그의 친구도 틀림없이 목이 탈
것이다. 바라바는 자기가 친구처럼 느낄 수 있다는 것이 놀랍게 생
각되었다. 그는 사하크와 그렇게 오랫동안 한 쇠사슬에 묶여 있었
으니 그럴 수도 있겠다고 생각했다. 바라바는 자신과 저 십자가에
못박혀 죽은 사람이 다시 쇠사슬로 연결되었다고 생각했다.

사하크는 무엇인가 말하고 싶은 것이 있는 듯했다. 물을 달라고
하는 것 같기도 했다. 그러나 사하크가 뭐라고 말하는지 아무도 알
아들을 수 없었다. 바라바도 귀를 기울였지만, 사하크가 말하는 것
을 알아들을 수 없었다. 더구나 바라바는 너무 멀리 떨어져 있었다.
물론 바라바가 언덕 위 십자가 있는 데로 달려가서 자신이 할 수 있
는 일이 있느냐고 물어보고 파리 떼를 쫓아줄 수도 있었다. 그러나
바라바는 그러지 않았다. 그는 나무 뒤에 숨어 있었다. 그는 아무 일

도 하지 않았다. 그는 입을 반쯤 벌리고 불타는 눈으로 고통당하는 친구를 그저 보고만 있었다.

얼마 안 있어 십자가에 매달린 사람이 더는 고통을 당하지 않게 되었음이 분명해졌다. 그의 숨소리가 가라앉았던 것이다. 사하크의 숨소리는 이제 바라바가 서 있는 곳에서는 들리지 않았다. 조금 있다가 가슴의 움직임도 완전히 정지했다. 사하크가 죽었음을 알 수 있었다. 어둠이 땅 위를 덮는 일도 일어나지 않았고 그 어떤 기적도 없이 사하크의 혼은 조용히 육신을 떠난 것이다. 그가 죽기를 기다리는 사람들은 아무것도 느끼지 않았다. 그들은 골고다의 병정들처럼 주사위 굴리기를 하고 있었다. 그들은 십자가에 매달린 사람이 벌써 죽었다고 놀라지도 않았다. 그들은 사하크가 숨을 거두는 순간을 목격하지 않았다. 사하크의 임종을 지킨 것은 바라바뿐이었다. 바라바는 마치 숨이 끊어질 때처럼 숨을 내쉬더니 기도를 하려는 듯 무릎을 꿇었다.

바라바가 무릎을 꿇은 것은 이상한 일이었다. 사하크가 살아서 이것을 보았다면 얼마나 기뻐했을까! 그러나 불행히도 그는 이미 죽은 몸이었다. 더군다나 바라바가 무릎을 꿇기는 했으나 기도를 드린 것은 아니었다. 바라바에게는 기도할 신이 없었다. 그러나 여하간 그는 한참 동안 무릎을 꿇고 있었다.

그러다가 바라바는 그의 늙은 얼굴을, 이미 수염이 하얗게 센 얼굴을 손에 파묻었다. 그는 우는 듯했다. 갑자기 한 병정이 십자가에 매달린 사람이 죽었음을 발견하고는 욕설을 내뱉으며 시체를 내려 놓고 돌아갔다.

이렇게 하여 사하크는 십자가에 못박혀 죽었으며 사면받은 산적 바라바는 그 광경을 지켜본 것이다.

14

이 섬의 로마 총독은 은퇴하게 되어 여생을 로마에서 보내려고 많은 재물을 배에 싣고 로마로 떠나게 되었다. 그는 이 섬에 왔던 이전의 어느 총독보다도 더 많은 재산을 모았다. 그는 또한 어느 총독보다도 광산과 이 섬을 잘 통치하여 그 어느 때보다도 더 많은 이익을 내고 국가에 이바지했다. 총독이 이 섬을 성공적으로 통치할 수 있었던 것은 많은 노예 감독들이 엄격한 규율로 임무를 잘 수행했기 때문이었다. 노예 감독들의 잔인성 또한 이러한 성공에 크게 기여했다. 노예 감독들의 임무 완수 덕분에 이 섬의 주민과 노예를 최대로 혹사시켜 이 섬의 자원을 완전히 착취할 수 있었다. 그러나 총독자신은 잔인하기는커녕 그 반대였다. 엄격했던 것은 총독 자신이 아닌 그의 통치뿐이었다. 누가 엄한 통치 때문에 그를 비난한다면 그것은 총독이라는 인간을 제대로 알지 못해서 욕하게 하는 것에 불과했다. 그는 대부분의 주민에게는 알려지지 않은 반전설적인 사람이었다. 지하 갱도와 땡볕이 내리쬐는 밭에서 고역을 하던 몇천의 버림받은 인간들은 총독이 바뀐다는 소식을 듣고 이제는 살았다며 안도감을 느꼈다. 그들은 새 총독은 낫겠지 하고 막연한 기대를 가졌던 것이다. 그러나 총독은 이 섬을 떠나는 것을 아쉽게 여겼다. 그는 이곳에서 아주 행복했기 때문에 떠나게 되니 슬프기까지 했다.

총독은 특히 일을 그만두게 된 것을 아쉽게 생각했다. 그는 일을 많이 하고 싶어 하는 의욕적이고 활동적인 사람이었다. 그러나 한편 그는 아주 교양 있는 사람이었다. 그는 언젠가는 로마가 생활 양식을 개선하고 또한 문화 수준이 높은 피정복지 주민들과 교류할 날이 오게 될 것을 기대했다. 총독은 배의 그늘진 최상 후갑판 위의 안락의자에 몸을 기대고 즐거운 마음으로 이런 일들을 생각했다.

총독은 자신이 개인적으로 필요하다고 생각한 노예들을 데리고 떠났는데 그 중에는 바라바도 끼어 있었다. 총독이 바라바를 자신이 데려갈 노예에 포함시킨 것은 자신과 나이가 비슷한 바라바를 부려먹을 데가 있다고 생각했기 때문은 아니었다. 총독은 바라바가 그의 신의 이름을 지워버리게 하고 로마에 충성을 맹세한 것을 무척 현명한 처사라고 여겨 바라바를 좋아했다. 총독은 이 일을 떠올려 바라바를 데려가기로 결정했다. 바라바의 주인이 이렇게 사려 깊고 지난 일을 잊지 않고 있을 거라고는 아무도 상상하지 못했다.

바람이 없어서 항해는 보통보다 더 오래 걸렸다. 몇 주일간 계속 노를 저어 드디어 오스티아항에 입항했다. 노를 저은 노예들은 채찍에 맞아 피를 흘리고 있었다. 총독은 다음 날 즉시 로마로 입경했고 그의 수행원과 물건은 하루 이틀 후에 로마에 도착했다.

총독이 구입한 저택은 로마시 한복판, 제일 호화로운 저택들이 모인 곳에 있었다. 총독의 저택은 여러 층으로 되어 있는 데다 실내가 여러 가지 빛깔의 대리석으로 장식되는 등 모든 것이 호화롭기 그지없었다. 바라바는 다른 노예들과 같이 지하실에서 살았기 때문에 이 이상은 집 안을 더 자세히 볼 수 없었다. 그러나 바라바는 이곳이 아주 호화롭고 거창한 저택임을 알 수 있었다. 이런 저택은 바라바에게 실감이 나지 않았다. 바라바는 쉬운 잡역을 맡았다. 바라바는 매일 아침 다른 몇 명의 노예와 함께 주방장을 따라 시장을 보러 갔다. 주방장은 과거에는 노예였으나 이제 자유민이 된 사람으로, 거만했다. 바라바는 이렇게 주방장을 따라나갈 수 있었던 덕에 로마시 이곳저곳을 구경하게 되었다.

그러나 로마시의 모습은 그에게 아무런 느낌도 주지 못한 채 그저 그의 눈앞을 스쳐 지나갔다. 좁은 거리에서 군중에 밀리거나 시끄러운 시장 바닥을 거닐 때면 바라바에게는 이러한 광경이 안개를 통해서 보는 듯, 이승의 일처럼 느껴지지 않았다. 시장에는 사람들이 너무 많아 걸어가기가 힘들 정도였다. 그러나 이 거대하고 떠들썩한 도시가 바라바에게는 실체로 느껴지지 않았다. 자기 자신의 생각에 몰두한 채 바라바는 이 대도시의 한가운데서 텅 빈 마음으로 돌아다녔다. 로마시는 모든 나라에서 온 다양한 인종의 남녀들이 섞여서 일대 혼잡을 이루었다. 아마도 바라바를 제외한 모든 사람들은 이 들끓는 군중과 이 모든 부귀와 사치에 현혹되었을 것이다. 웅장한 건물이며 온갖 신을 모신 수많은 사원들도 바라바의 마음을 끌지 못했다. 귀족들은 비아사크라 거리의 사치품을 파는 상점이나 휘황찬란한 목욕탕에 출입하는 것에 지치면 각자 자기들의 신을 참배하려고 금으로 도금한 비싼 가마를 타고 사원에 갔다. 모든 사람들이 이 휘황찬란함에 넋을 잃었으나 바라바만은 이것들에 매혹되지 않았다. 바라바의 눈에는 이런 것들이 전혀 들어오지 않았다. 이런 것들이 그의 눈에 들어오기에는 그의 눈이 너무 깊게 박혀 있었는지도 몰랐다. 그의 눈에 비친 물체들은 그와는 관계가 없다는 듯이 그저 스쳐가버렸다. 바라바는 이 세상의 일에는 털끝만큼도 관심이 없었다. 그는 이승의 일에는 무관심했다. 적어도 바라바는 그렇게 생각했다. 그러나 사실 바라바 자신의 생각만큼 그가 그렇게 이 세상과 무관하지는 않았다. 왜냐하면 그는 이 세상을 증오했기 때문이다.

바라바에게 또 실감이 나지 않는 것은 표장(標章)을 앞세우고 사제와 신자가 거리를 지나가는 행렬들이었다. 믿는 신이 없는 바라바에게는 계속 지나가는 이런 행렬이 무엇을 하는 것인지 이해가 되지 않았고, 자꾸 길을 비켜주어야 했으므로 귀찮게까지 여겨졌다. 바라바는 집의 벽이 있는 쪽으로 비켜 서서 이 행렬들을 힐끔힐끔 보았다. 그러다가 그는 행렬을 따라 처음 보는 굉장한 사원 안으로 들어갔다. 바라바는 다른 사람들을 따라 아들을 안고 있는 한 어머니의 초상화 앞에 서게 되었다. 바라바가 이것이 누구냐고 물었더니 다른 사람들이 신성하신 이시스가 아기 호루스를 안고 있는 것이라고 했다. 그러더니 사람들은 성모의 이름을 모르는 바라바를 수상하다는 눈초리로 바라보기 시작했다. 한 사원 문지기가 오더니 바라바를 내쫓았다. 바라바가 나간 다음에 문지기는 구리로 만든 대문 옆에서 자기 자신과 사원을 지키려고 손가락으로 이상한 모양을 만들었다. 아마도 그는 바라바가 천지의 모든 피조물과 천지의 창조자를 증오하는 가운데 잉태되어 탄생했음을 알아냈는지도 모른다.

사원에서 쫓겨난 바라바는 거리를 마구 달렸다. 그의 눈 밑 칼자국은 벌겋게 달아올랐으며 깊숙이 박힌 날카로운 눈은 화살 끝처럼 떨었다. "이 저주받은 놈아, 꺼져버려!" 하고 외치는 소리를 들은 듯했다. 바라바는 어찌할 바를 몰랐다. 그는 어디인지도 모르는 이 골목 저 골목을 마구 달렸다. 그는 겨우 집을 찾아 돌아왔다. 그는 늦게 돌아왔다고 벌을 받을 뻔했다. 그러나 그 집 주인이 그를 특별히 봐주고 있음이 알려져서 그는 겨우 벌을 모면했다. 어쩌면 바라바가 길을 잃었다는 핑계를 믿었는지도 몰랐다. 그는 아직 로마시의 지리에 서툴다고 말했다. 바라바는 노예들이 쓰는 지하실의 구석에 가서 웅크리고 앉았다. 어둠 속에 앉아 있던 바라바는 지워버린 '예수 그리스도'라는 글씨가 불처럼 타면서 그의 헐떡이는 가슴을 누르는 것을 느꼈다.

그날 밤 바라바는 자기 옆에서 기도를 올리는 한 노예와 쇠사슬에 묶여 있는 꿈을 꾸었다. 그런데 그 노예는 바라바의 눈에 보이지 않았다.

"자넨 무엇을 위해 기도하나? 기도가 무슨 소용이 있어?" 하고 바라바가 함께 묶인 노예에게 물었다.

"자네를 위해서 기도를 하는 걸세" 하는 귀에 익은 목소리가 어둠 속에서 들려왔다.

바라바는 기도하는 것을 방해하지 않으려고 아무 말도 하지 않았다. 늙은 그의 눈에 눈물이 고이는 것을 느꼈다. 그러나 잠에서 깨어 쇠사슬을 찾으려고 마루를 더듬어보았으나 거기에는 쇠사슬도 없고 다른 노예도 없었다. 바라바는 아무와도 함께 묶여 있지 않았다. 그는 이 세상의 어느 누구와도 묶여 있지 않았다.

한번은 바라바가 총독 저택의 지하실에 혼자 있게 되었는데 그는 눈에 띄지 않는 벽 한 구석에 물고기 모양의 기호가 새겨져 있는 걸 발견했다. 비록 엉성하게 그려졌지만 그것의 의미는 분명했다. 그 물고기 기호의 뜻은 뻔한 것이었다. 바라바는 노예 중에 누가 예수를 믿는 사람일까 생각했다. 그 후 여러 날 동안 바라바는 누가 예수를 믿는 사람일까 찾아내려고 노예들을 한 사람 한 사람 유심히 관찰했다. 그러나 바라바는 아무에게도 묻지는 않았다. 그렇게 했다면 어렵지 않게 알아냈을 것이다. 그러나 바라바는 물어보는 따위의 일은 하지 않았다.

바라바는 필요한 경우 외에는 다른 노예들과 절대 어울리지 않았다. 그는 아무에게도 말을 걸지 않았다. 그래서 그는 다른 노예들을 알지 못했다. 그리고 이런 이유 때문에 다른 노예들도 모두 바라바에 대해 아무것도 몰랐으며, 그에게 관심을 가지려 하지 않았다.

로마에는 많은 기독교 신자들이 있었고 바라바도 이 사실을 알았다. 바라바는 예수를 믿는 사람들이 로마시의 여기저기에 있는 그들의 집회장에서, 혹은 그들의 기도하는 집에서 모인다는 걸 알았다. 그러나 바라바는 가보려고 시도하지 않았다. 한두 번 가고 싶은 생각도 들었으나 한 번도 가지 않았다. 그는 그들의 하느님의 이름을 그의 노예 표찰에 새겼으나 이미 지워버리지 않았던가.

기독교 신자들은 박해가 두려워 점점 비밀리에 모임을 가질 수밖에 없게 되었다. 바라바는 이런 이야기를 시장에서 여러 사람을 통해 들었다. 이 사람들은 성모의 초상이 있는 사원의 문지기가 바라바에게 했던 것과 똑같이 악령을 쫓는 표시로 손가락을 벌렸다. 대부분의 로마 시민들은 기독교 신자를 혐오하고 증오했다. 그들은 기독교 신자들이 무술(巫術)을 한다고 의심했다. 그들은 기독교 신자들의 신은 오래 전에 십자가에 매달려 죽은 아주 불길한 신이라고 여겼다. 그들은 기독교 신자들과 아무 관계도 갖지 않으려 했다.

어느 날 저녁 바라바는 지하실 어두운 곳에서 두 노예가 속삭이는 말을 엿듣게 되었다. 그 노예들은 바라바를 보지 못한 채 지하실에는 오직 자신들 둘뿐이라고 생각했다. 바라바도 그들을 볼 수 없었으나 목소리만으로도 누군지 알 수 있었다. 그들은 이 저택에 온 지 몇 주일밖에 안 된 새로 온 노예들이었다.

그들은 그다음 날 저녁 아피아 도로변의 마르쿠스 루시우스의 포도밭에서 열릴 형제들의 모임에 관해 이야기했다. 조금 있다가 바라바는 모임의 장소가 포도밭이 아니라 실은 그 포도밭에서 시작하는 유대인 지하 묘지임을 알게 되었다.

참 이상한 장소에서 만나는구나……. 해골들이 있는 데서 만나다니……. 왜 하필이면 그런 곳에서 모임을 가질까…….

그다음 날 저녁, 노예들의 지하실 문이 잠기기 전에 바라바는 저택을 몰래 빠져나갔다. 그것은 목숨을 건 모험이었다.

바라바가 아피아 도로에 다다르고 보니 벌써 땅거미가 지기 시작한 데다 사람이라고는 한 명도 보이지 않았다. 바라바는 길을 따라 양 떼를 몰고 집으로 돌아가는 목동에게 물어 포도밭을 찾았다.

일단 땅 밑으로 들어선 바라바는 손으로 더듬으면서 좁고 경사진 지하 통로를 걸어갔다. 입구에서 들어온 빛이 그 근처를 비추어주었다. 그러나 통로 저편은 완전히 어둠에 싸여 있었다. 바라바는 차고 축축한 석판으로 된 벽을 손으로 만지면서 통로를 따라갔다. 바라바가 엿들은 두 노예의 대화에 따르면 모임은 시체들을 두는 첫 지하실에서 열릴 예정이었다. 바라바는 어둠 속을 계속 걸어 내려갔다.

그는 목소리가 들리는 것 같아 걸음을 멈추고 귀를 기울였으나 소리는 들리지 않았다. 바라바는 계속 걸어갔다. 그는 아주 조심해서 걸어야 했다. 가끔 계단이 있었는데, 그 계단들은 점점 더 땅 밑으로 내려가는 통로였다. 그는 계속 더듬더듬 걸어갔다.

그러나 시체를 두는 지하실은 나타나지 않았다. 계속 좁은 통로였다. 이제 통로가 갈라짐을 손으로 만져 알 수 있었다. 바라바는 어찌할 바를 몰라 서서 망설였다. 그러자 아주 멀리에서 빛이 보였다. 아, 저 불빛이구나! 그는 그쪽으로 급히 갔다. 모이는 데가 저기구나!

그런데 갑자기 빛이 보이지 않았다. 빛이 사라진 것이다. 바라바는 빛이 사라진 것이 자기가 모르고 다른 통로로 들어섰기 때문일 것이라고 생각했다. 그는 빛을 다시 보려고 오던 길을 되돌아갔다. 그러나 빛은 사라졌다. 빛은 더는 보이지 않았다!

바라바는 아주 의아한 기분으로 거기 서 있었다. 그 사람들은 어디 있을까? 그들을 어떻게 찾을 수 있을까? 혹시 그 사람들은 이 안에 없는 것이 아닐까? 대체 지금 내가 있는 곳은 어디일까?

물론 바라바는 거기까지 어떻게 들어왔는지 알았다. 그는 언제든지 무덤 입구 쪽으로 돌아갈 수 있다고 생각했다. 그래서 그는 왔던 길로 돌아가기로 결정했다.

바라바가 왔던 길을 한 발짝 한 발짝씩 기억을 더듬으며 돌아가는데 갑자기 다시 빛이 보였다. 그것은 확실하고 강한 빛이었다. 그 빛은 그가 눈여겨보지 않은 골목 쪽에 있었으며 먼저 본 불과는 방향이 달랐다. 그러나 바라바는 그것이 같은 불일 것이라 생각하고 그쪽으로 급히 갔다. 사람들이 저기 있겠구나! 다가갈수록 빛이 점점 더 밝아졌다. 그러다가 갑자기 빛이 사라졌다. 빛이 더는 보이지 않았다.

바라바는 자기 머리를 손으로 만져보았다. 그는 또 자기 눈을 손으로 만져보았다.

그가 본 빛은 무슨 빛일까? 빛이 아니란 말인가? 이것이 환상일까? 아니면 오래전에 그랬듯이 그의 눈이 이상해진 것일까? 그는 눈을 비비면서 주위를 둘러보았다.

그러나 전혀 빛이 보이지 않았다. 어느 방향에서도 빛이 보이지 않았다! 오직 끝없는 차디찬 암흑만이 그를 둘러싸고 있었다. 바라바는 이제 예수를 믿는 사람들이 그곳에 오지 않았으며, 그 지하 무덤 속에 자기 혼자 있다고 생각했다. 그는 이제 이곳에 자기 말고는 아무도 없음을 깨달았다. 오직 죽은 사람들만이 있었다.

죽은 사람들이구나! 바라바는 죽은 사람들 속에 있었다. 모든 곳에, 모든 방향에, 모든 통로에 죽은 사람들만이 있었다. 그는 이제 어디로 가야 할지 망설였다. 그는 이제 어떻게 하여 다시 빠져나갈지 생각이 나지 않았다. 이 죽음의 땅에서 빠져나갈 길을 알 수가 없었다.

죽음의 땅······. 그가 죽음의 땅속에 갇혀버린 것이었다!

공포가 그를 엄습했다. 그것은 숨막히는 전율이었다. 갑자기 공포에 질린 바라바는 무작정 아무 쪽으로나 뛰기 시작했다. 그는 밖으로 나가는 길을 찾으려고, 죽음의 땅을 벗어날 길을 찾으려고 이 통로로 뛰었다가 저 통로로 뛰고, 보이지 않는 계단에 넘어지기도 했다. 바라바는 땅속에서 숨을 헐떡거리면서 미친 사람처럼 뛰어다녔다. 그는 숨을 헐떡였다······. 그는 이리저리 왔다 갔다 하면서 해골들이 놓인 벽에 머리를 부딪히기도 했다. 그는 다시는 밖으로 나가지 못할 것 같은 공포감에 휩싸여 있었다······.

얼마쯤 그러다가 드디어 바라바는 지상에서 내려온 따스한 공기의 흐름을 느끼게 되었다. 그 공기는 정말 다른 세계에서 온 듯했다······. 반쯤 정신을 잃은 바라바는 겨우 언덕 위로 올라왔다. 그곳은 포도밭 가운데였다.

바라바는 거기서 땅에 누워 쉬면서 어두운 밤하늘을 쳐다보았다. 이제 모든 곳이 어둠에 싸여 있었다. 하늘도 땅도 모두 어두웠다. 모든 곳이 어두웠다.

바라바는 아피아 도로를 따라 로마시로 돌아왔다. 그는 어둠 속을 걸어가면서 커다란 고독을 느꼈다. 밤길을 혼자서 걸어가거나 길에 아무도 없기 때문에 고독을 느낀 것은 아니었다. 그것은 바라바가 온 누리에 깔려 있는 끝없는 밤 속에 혼자 있기 때문에 느끼는 고독이었다. 하늘과 땅, 산 자와 죽은 자 사이에서 혼자이기 때문이었다. 그는 늘 혼자였지만 이렇게 고독을 뼈저리게 느낀 것은 이번이 처음이었다. 바라바는 어둠 속에 파묻혀서 걸어갔다. 상처 자국을 지닌 늙은 얼굴은 외롭기만 했다. 자기 아버지가 휘두른 칼에 다친 것인지도 모르는 바라바다. 그리고 그의 주름살이 진 가슴의 흰 털 속에는 지워진 하느님의 이름이 있는 노예 표찰이 있었다. 그렇다. 그는 하늘과 땅에서 혼자였다.

그리고 바라바는 자기 자신 속에 갇혀 있었다. 자기 자신의 죽음의 땅속에 유폐되어 있었다. 그는 어떻게 죽음의 땅에서 빠져나갈 수 있을까?

단 한 번 바라바는 다른 사람과 결합되어 있었다. 그러나 그것도 오직 쇠사슬에 의해 묶인 것이다. 쇠사슬 이외의 다른 것으로 유대를 가져보지 못했다.

바라바의 귀에는 돌로 포장된 도로에서 나는 자기 발소리만이 들릴 뿐이었다. 그 밖에는 아무 소리도 나지 않았다. 마치 세상에 살아 있는 사람이 한 사람도 없는 듯 정적은 완전한 것이었다. 바라바의 주변은 어둠뿐이었다. 빛이라곤 조금도 없었다. 빛은 어느 곳에도 보이지 않았다. 하늘에는 별이 없었다. 모든 것이 황량하고 텅 비어 있었다.

공기가 뜨겁고 탁하여 바라바는 숨쉬는 것이 힘들었다. 공기에 열기가 있는 것 같았다. 아니, 열기가 있는 것은 바라바 자신이 아닐까? 묘지 속에 들어가서 죽음이 몸 속에 스며들어 병이 난 것일까? 죽음! 그는 늘 죽음을 지니고 있었다. 그는 평생 이 죽음을 지녀왔다. 죽음이 바라바 속에 깃들어 있었다. 그의 마음속 두더지 굴 같은 어두운 곳에 죽음이 출몰하여 그를 공포의 도가니로 몰아넣었다. 바라바는 이제 상당히 늙었지만, 그는 이제 더 살고 싶은 생각이 없었지만, 그러나 죽음에 대한 공포는 전과 마찬가지였다. 그는 그저 죽고 싶었지만 …… 그러나…….

아니다, 아니다, 죽지 않겠다! 죽지 않겠다!

그들은 그들의 하느님에게 기도하려고 죽음의 땅속에서 만나지 않는가? 그들은 그들의 하느님과 결합되고 또한 서로 결합되어 죽음을 두려워하지 않고 죽음을 극복하지 않는가? 그들은 그들의 모임을 갖고, 그들의 사랑의 잔치를 갖는다.

서로 사랑하라……. 서로 사랑하라…….

그러나 바라바가 왔더니 그들은 오지 않았다. 한 사람도 그곳에 오지 않았다. 바라바는 그저 어둠 속에서, 무덤 속의 통로를 혼자서 헤맨 것이다. 그는 그의 마음속 어두운 두더지 굴을 혼자서 헤맨 것이다.

그들은 어디에 있을까? 서로 사랑하라고 한 그들은 어디에 있을까? 그들은 이 밤에 어디에 있을까? 이 무더운 날 밤에 어디 갔을까?

그가 시내에 들어서자 공기는 더욱 탁했다. 온 누리를 덮은 이 밤은 바라바를 질식시킬 것만 같았다. 그는 밤의 열기로 숨쉬기가 힘들었다.

바라바가 한 거리의 모퉁이를 돌아서자 연기 냄새가 코를 찔렀다. 연기는 그렇게 멀지 않은 한 저택의 지하실에서 나왔으며 한두 개의 공기 구멍에서 불꽃이 혀를 내밀고 있었다. 그는 그쪽으로 뛰어갔다.

그는 뛰어가면서 다른 사람들이 외치는 소리를 들었다.

"불이야! 불이야!"

바라바가 사거리에 이르자 뒷골목 쪽에서도 불길이 솟아올랐다. 그쪽은 불길이 더 강했다. 그는 어리둥절했다. 이해할 수가 없었다. 그러자 갑자기 조금 떨어진 곳에서 이렇게 외치는 소리가 들렸다.

"예수쟁이들이 불을 질렀다! 예수쟁이들이다!"

그러더니 또 다른 쪽에서도 외치는 소리가 들려왔다.

"예수쟁이들이 불을 질렀다! 예수쟁이들이다!"

바라바는 처음에 그들이 외치는 말의 뜻을 알아듣지 못했다는 듯이 어리둥절하여 서 있었다. 예수쟁이들이 불을 질렀다고! 그제야 바라바는 깨닫게 되었다.

그렇다! 예수를 믿는 사람들이다! 로마에 불을 지른 것은 예수를 믿는 사람들이 틀림없다! 그들이 온 세상에 불을 지르는구나!

이제 바라바는 그들이 지하 묘지에 오지 않은 이유를 알았다. 그들은 이 추악한 로마에, 추악한 이 세상 전부에 불을 지르려고 여기 와 있구나! 그들의 때가 왔다! 그들의 구세주가 왔다!

골고다에서 십자가에 못박혀 죽은 그분이 다시 오신 것이다. 그가 약속했던 대로 인류를 구원하려고, 이 세상을 파괴하려고 그분이 오셨다! 약속한 대로 이 세상을 멸망시키려고, 이 세상을 불길 속에 태워버리려고 그분이 오셨다! 이제 그분이 자신의 권능을 보여

줄 때가 왔다. 이제 바라바는 배반하지 말아야겠다! 저주받은 바라바, 골고다에서 만난 그분의 저주받은 형제는 배반하지 않을 것이다. 이번에는 배반하지 않을 것이다. 이번만은 결코 배반하지 않겠다. 이번에는 결코 배반하지 않을 것이다. 이번에는 배반하지 말아야겠다! 이렇게 생각하던 바라바는 벌써 제일 가까운 불길로 달려가서 불이 붙어 있는 나무를 집어들고 다른 집 지하실의 창문 안으로 던져 넣었다. 그는 연방 불붙은 나무를 집어다가 새로운 장소, 새로운 지하실에 던져 넣었다. 바라바는 배반하지 않았다! 그는 배반하지 않았다! 그는 잘, 그리고 틀림없이 불을 질렀다. 철저히 해야지! 이 집 저 집에서 불길이 일었다. 불길은 모든 것을 태웠다. 바라바는 계속 불을 옮기려고 이리 뛰고 저리 뛰었다. 그 어진 하느님의 이름을 가슴에 단 바라바는 숨을 헐떡이면서 뛰어다녔다. 그는 배반하지 않았다. 바라바는 그의 주님이 그를 절실히 필요로 하는 지금, 주님을 배반하지 않았다. 모든 것이 멸망할 위대한 시간이 된 것이다. 이제 그때가 온 것이다. 불이 퍼진다! 불이 퍼진다! 커다란 불바다가 이루어졌다. 모든 것이, 온 세상이 불길 속에 타고 있다!

보라, 주님의 왕국이 왔다! 보라, 주님의 왕국이 왔다!

15

방화 혐의로 붙잡힌 기독교 신자들은 모두 제우스 신전의 지하에 있는 감옥에 모이게 되었는데, 그중에 바라바도 끼어 있었다. 그는 현행범으로 잡혔다. 신문(訊問)을 받은 뒤 이리로 끌려와 기독교 신자들이 있는 감방에 들어오게 되었다. 바라바도 기독교 신자의 한 사람으로 취급된 것이다.

감방은 암반을 깨뜨려 만든 것으로 벽에서는 물방울들이 떨어졌다. 빛도 제대로 들지 않아 서로 얼굴을 분간할 수 없을 정도였다. 바라바는 그것을 다행스럽게 생각했다. 그는 외딴 곳에 있는 썩은 지푸라기 위에 앉아서 내내 얼굴을 돌리고 있었다.

사람들은 화재와 그들에게 닥칠 운명에 관해 이야기했다. 그들이 방화를 저질렀다는 건 그들을 체포하여 처벌하려는 구실에 불과하다고 말했다. 그들을 재판한 재판관은 그들이 불을 지르지 않았음을 잘 알았다. 그들 중 아무도 불이 난 곳에 가지 않았다. 그들은 박해가 있을 것이라는 경고와 지하 묘지에서의 모임에 관한 정보가 누설되었다는 경고를 받은 뒤 집 밖으로 한 발자국도 나가지 않았다. 그들은 무죄였다. 그러나 그것이 무슨 소용이 있는가? 모든 로마인들은 기독교 신자들이 죄를 범했다고 믿고 싶어 했다. 돈을 주고 매수한 사람들이 "예수쟁이들이 불을 질렀다! 예수쟁이들이다!" 라고 외친 말을 그대로 믿고 싶어 했다.

"그들에게 돈을 주고 시킨 사람이 누구지요?"라고 어둠 속에서 누군가 물었다. 그러나 아무도 그 말에 대꾸하지 않았다.

주님의 신자들이 어떻게 로마시에 불을 지를 수 있을까? 그들이 어떻게 방화와 같은 범죄를 범할 수 있을까? 누가 그런 것을 믿을 수 있는가? 그들의 주님은 인간의 영혼에 불을 지른 것이지 사람이 사는 도시에 불을 지른 것은 아니다. 그는 주님이며 세상의 하느님이지, 세상에 해를 끼치는 신이 아니다.

그러더니 신자들은 사랑이며 빛이신 주님에 관해 이야기를 나누었다. 그들은 주님이 약속한 주님의 왕국에 관해 이야기했다. 이제 신자들은 바라바가 한 번도 들어본 적이 없는 이상하고도 아름다운 말로 된 찬송가를 불렀다. 바라바는 고개를 숙인 채 찬송가에 귀를 기울였다.

감방 문 밖의 쇠로 만든 빗장이 벗겨지더니 삐거덕거리며 문이 열리고 간수가 들어왔다. 죄수들에게 음식을 주는 일을 맡은 이 간수는 음식물을 던져주는 동안 빛이 더 들어오라고 문을 열어두었다. 간수 자신은 저녁을 이미 먹었으며 술까지 거나하게 마셨음이 분명했다. 그는 얼굴이 좀 붉어져 있었으며 말이 많았다. 간수는 더러운 욕설을 뇌까리면서 죄수들에게 음식을 던져주었다. 그러나 그것은 먹을 수 없는 것이었다. 간수가 이렇게 욕을 하는 것은 무슨 악의가 있어서 그러는 게 아니었다. 그는 그저 직업상 그렇게 떠드는 것이었다. 간수들이란 늘 그렇게 욕이 입에 붙어 있는 법이다. 사실 그는 선량한 사람처럼 보였다. 그는 문에서 들어온 빛에 환히 비친 바라바를 보자 껄껄대고 웃더니 이렇게 지껄였다.

"이게 그 미친 바보구나! 뛰어다니면서 로마에 불을 지른 놈이 바로 네놈이지! 이 얼간아! 그래도 불을 지른 것이 네 녀석들이 아니라고 우길 테냐? 이 거짓말쟁이들아! 저놈은 불붙은 나무를 카이우스 세르비우스의 기름 창고에 던지다가 현장에서 잡혔어."

바라바는 눈을 떨구고 있었다. 그의 얼굴은 굳어 있었으며 아무 표정도 없었다. 그의 눈 밑 칼자국만 벌겋게 달아 있었다.

다른 죄수들이 의아한 표정으로 바라바 쪽을 보았다. 아무도 그를 아는 사람이 없었다. 신자들은 처음에 바라바가 그들의 무리가 아니라 다른 범죄자인 줄 알았다. 바라바는 그들과 함께 신문을 받지도 않았으며 그들과 함께 투옥되지도 않았다.

"그럴 리가 있어요?" 하고 신자들이 중얼거렸다.

"뭐가 그럴 수 없다는 거야?" 하고 간수가 외쳤다.

"저 사람은 신자일 리 없어요. 당신이 말한 것과 같은 일을 했다면 신자가 아니에요."

"저놈이 예수쟁이가 아니라고? 하지만 저놈이 직접 말했는걸. 저놈을 붙잡아온 사람들이 나한테 그랬어. 저놈이 신문에서 자백했다구.”

“우리는 저 사람을 몰라요. 저 사람이 우리와 같은 신자라면 우리가 저 사람을 모를 리 있겠어요? 우리는 저 사람을 처음 봅니다.”

신자들은 불안해하면서 대답했다.

“당신들 거짓말도 잘하는군! 좀 기다려, 내가 보여주지.”

간수는 바라바에게 다가가 그의 노예 표찰을 뒤집었다.

“이걸 봐! 이건 너희 하느님의 이름이잖아? 난 글씨를 모르지만 그렇지 않아? 자, 직접 읽어보라구!”

신자들은 간수와 바라바의 주위에 몰려들어 노예 표찰 뒷면의 글씨를 놀란 표정으로 바라보았다. 신자들의 대부분은 이 글씨를 해독하지 못했으나 한두 사람이 차분하나 불안한 목소리로 읽었다.

“예수 그리스도…… 예수 그리스도…….”

간수는 노예 표찰을 다시 바라바 쪽으로 던지더니 의기양양하게 주위를 둘러보았다.

“이제 할말 있나? 흥, 저놈이 예수쟁이가 아니라고? 저놈이 재판관에게 직접 그걸 보이고 그는 로마 황제의 노예가 아니라 너희들이 기도하는 그 하느님의 노예라고 말했어. 십자가에 못박혀 죽은 너희 하느님의 노예라고 했다니까. 저놈은 십자가에 못박혀 죽게 될 거야. 이건 내가 장담할 수 있지. 그래서 너희들 역시 모두 십자가에 못박혀 죽게 됐다구! 저놈은 솔직해. 너희들이 더는 꾀를 부려봐도 소용없어. 너희 가운데 한 놈이 바보같이 자기가 예수쟁이라고 하면서 우리한테 걸려들었으니 안됐네, 안됐어.”

간수는 어리둥절한 신자들에게 험상궂은 표정을 짓더니 문을 쾅

닫고 밖으로 나가버렸다.

신자들은 다시 바라바 주위에 모여 그에게 질문을 퍼부으면서 다그쳤다. 당신 누구요? 당신은 정말 기독교 신자요? 당신은 어느 교단에 속해 있소? 당신이 불을 지르기 시작했다는 것이 사실이요?

바라바는 아무 대답도 하지 않았다. 그의 얼굴은 잿빛이 되어 있었으며, 늙은 눈은 깊숙이 들어가 있었다.

"기독교 신자라고! 글씨가 십자로 그어져 있지 않았소?"

"글씨 위에 십자로 그어져 있었소? 주님의 이름이 십자로 그어져 있었소?"

"그렇다니까요. 보지 못했소?"

한두 사람이 글씨 위에 십자로 그어져 있는 것을 보았으나 그 뜻을 알아채지 못했다. 거기에 무슨 뜻이 있을까?

신자 중에 한 사람이 노예 표찰을 잡아채어 다시 한번 자세히 들여다보았다. 희미한 빛뿐이어서 어둡기는 했지만 분명히 힘센 사람이 칼 끝으로 글씨 위에 십자를 그은 것이 보였다.

"왜 주님의 이름 위에 십자를 그었지요? 그어버린 의미가 뭡니까? 말이 들리지 않아요? 왜 이랬어요?" 하고 이 사람 저 사람이 물어댔다.

그래도 바라바는 대답하지 않았다. 그는 어깨를 움츠리고 누구의 얼굴도 보지 않으려 했다. 그는 사람들이 자기를 가지고, 노예 표찰을 가지고 하고 싶은 대로 하게 했다. 그러나 대답은 하지 않았다. 기독교 신자도 아닌 것 같은데도, 그렇다고 자백한 이 이상한 사람을 그들은 점점 더 의아하게 여겼다. 신자들은 바라바의 괴이한 거동을 이해할 수 없었다. 나중에 신자 중 몇 사람이 한 노인한테로 갔다. 그 노인은 지하 감방의 안쪽 어두운 곳에 앉아 다른 사람들이 떠드는 소리에 아랑곳하지 않고 있었다. 몇 사람이 노인에게 한참 말을 하자 노인이 일어나서 그들과 함께 바라바 쪽으로 걸어왔다. 노인은 널찍한 등을 가진 몸집이 큰 사람이었다. 조금 등을 구부리고 있었으나 키가 보통 큰 것이 아니었다. 그는 숱은 적었으나 긴 백발이었으며 흰 수염이 가슴까지 내려왔다. 노인의 풍채는 당당했으나 매우 친근감을 주었다. 파란 눈은 어린아이처럼 크고 맑았으나 연륜과 지혜가 엿보였다.

그는 한참 동안 서서 바라바의 늙은 얼굴을 내려다보았다. 노인은 무언가 기억나는 듯했다. 그는 확인하는 듯이 고개를 끄덕였다.

"참 오랜만이오."

노인은 바라바 곁에 앉으면서 마치 사과하는 것처럼 말했다.

주위에 모였던 사람들은 모두 깜짝 놀랐다. 그들이 지극히 존경하는 아버지가 이 사람을 안단 말인가?

노인은 분명히 바라바를 알았다. 노인이 그에게 말을 거는 것을 보면 알 수 있었다. 노인은 바라바에게 그간 어떻게 지냈느냐고 물었다. 그러자 바라바는 자기에게 있었던 일들을 이야기했다. 결코 전부를 자세히 말한 것은 아니었다. 그러나 상대방이 이해하거나 나머지를 추측하기에 충분했다. 바라바가 어떤 점은 말하기를 꺼려함을 알아채고는 그는 그저 조용히 고개를 끄덕였다. 바라바는 누구에게 속을 터놓은 적이 없었지만, 이 노인과는 꽤 이야기를 나누었다. 바라바는 상대방의 질문에 지친 목소리로 나직이 대답하면서

162

현명함이 엿보이는 어린애 같은 노인의 눈을 가끔 쳐다보았다. 바라바도 이제 많이 늙었지만, 노인의 얼굴엔 그의 얼굴과는 다른 무언가가 있었다. 노인의 얼굴 주름은 길었으나 아주 달랐다. 노인의 얼굴은 아주 평화로워 보였다. 주름진 살갗은 아주 희고 볼도 움푹 들어가 있었다. 옛날 모습이 그대로 남아 있었다. 노인의 볼이 들어간 것은 이가 거의 다 빠졌기 때문인지도 몰랐다. 노인은 아직도 확신에 찬 독특한 사투리를 썼다.

존엄하게 생긴 노인은 차츰 왜 주님의 이름이 십자로 그어졌으며 왜 바라바가 로마에 불을 지르는 것을 도왔는지를 알게 되었다. 신자들과 구세주가 이 세상에 불지르는 것을 돕고 싶었던 바라바의 마음을 알게 되었다. 그 말을 들은 노인은 괴로워서 백발이 성성한 머리를 좌우로 흔들었다. 노인은 바라바에게 그가 어떻게 기독교 신자들이 불을 질렀을 거라 생각하게 되었느냐고 물었다. 불을 지른 것은 그 짐승 같은 카이사르 자신이었다. 그리고 그것을 바라바가 도와주었던 것이다.

"당신은 당신의 노예 표찰에 이름이 지워진 채로 계신 주님이 아니라, 그 노예 표찰이 가리키는 당신의 주인, 즉 이 세속의 통치자를 도와준 거요. 당신은 몰랐지만, 당신의 진짜 주인을 위해 일한 거지."

노인은 인자하게 덧붙였다.

"우리의 주님은 사랑이시오."

그러더니 바라바의 흰 털이 있는 가슴에서 그 노예 표찰을 집어 올려 십자로 그어진 그의 주님의 이름을 슬픈 눈으로 바라보았다.

노인은 그 표찰을 쭈글쭈글한 손가락에서 떨구더니 크게 한숨을 쉬었다. 왜냐하면 그것은 바라바의 노예 표찰이며, 바라바가 달고 있어야 할 표찰인 것이다. 자신에겐 바라바를 도울 수 있는 길이 아무것도 없었다. 그리고 노인은 바라바 역시 이 사실을 알고 있음을 느꼈다. 바라바도 고독한 눈으로 수줍은 듯이 그 노예 표찰을 쳐다보았다.

"저 사람은 누구입니까? 저 사람은 누구입니까?"

노인이 일어서자 모두들 외쳤다. 처음에 노인은 대답하지 않으려 했다. 덮어버리려고 했다. 그러나 사람들이 하도 졸라대는 바람에 결국 대답해줄 수밖에 없었다.

"저 사람이 주님 대신 사면받은 바라바요."

신자들은 놀라 자빠질 뻔했다. 그들은 바라바를 노려보았다. 그들을 이처럼 놀라게 할 수 있는 일은 많지 않았다.

그러나 노인이 곧 그들을 진정시켰다.

"이 사람은 불행한 사람입니다. 우리에겐 이 사람을 벌할 권리가 없습니다. 우리 자신도 과오와 단점투성이입니다. 그런데도 주님께서 우리를 불쌍히 여기신 것은 우리가 잘해서 그런 것이 아닙니다. 이 사람이 하느님을 믿지 않는다고 하여 우리에게 그를 벌할 권리는 없습니다."

신자들은 시선을 땅에 떨구고 서 있었다. 노인의 이 무서운 마지막 말이 떨어지자 더는 바라바를 볼 용기가 없어진 듯 땅만 보았다. 그들은 말없이 먼저 앉아 있던 곳으로 물러갔다. 노인은 한숨을 쉰 뒤 무거운 걸음으로 그들을 따라갔다.

바라바는 다시 혼자가 되었다.

바라바는 그 후 여러 날 동안 다른 사람들에게서 떨어져 한쪽 구석에 외로이 앉아 있었다. 그는 신자들이 믿음의 노래를 부르고 그들을 기다리는 죽음과 영생에 대해 자신 있게 말하는 것을 듣고 있었다. 특히 선고가 발표된 뒤엔 영생에 관해 많이 이야기했다. 그들은 믿음으로 충만했으며, 그들 중 어느 누구도 자그마한 회의조차 갖고 있지 않았다.

바라바는 자기 생각에 잠긴 채 신자들의 말을 들었다. 그도 자신에게 닥쳐올 일을 생각했다. 자신과 함께 빵을 소금에 찍어 나누어 먹은 올리브산의 사람을 회상했다. 그 사람은 다시 죽은 지 오래되어 영원한 어둠 속에서 해골이 되었을 것이다.

영생이다…….

이제까지 살아온 인생에 무슨 의미가 있을까? 바라바는 자기 인생의 의미를 믿지 않았다. 그러나 죽은 후의 일은 그가 전혀 모르는 일이었다. 그가 판단할 수 없는 일이었다.

저쪽에선 흰 수염을 가진 노인이 자기 사람들 틈에 앉아서 그들의 이야기를 들으며 그들에게 누가 들어도 알 수 있는 갈릴레아 사투리로 말하고 있었다. 그러나 그는 가끔 조용히 생각에 잠기곤 했다. 어쩌면 그는 고향 게네사렛의 해변을 생각하는지도 몰랐다. 그는 거기서 죽고 싶었다. 그러나 그렇게 되지 않았다. 그는 길에서 그의 스승을 만났고 스승이 "나를 따르라"고 말했다. 그래서 그는 그렇게 할 수밖에 없었다. 그는 어린아이와 같은 눈으로 앞을 보고 있었다. 홀쭉한 볼에 주름진 그의 얼굴이 커다란 평화를 내비쳤다.

그들은 십자가에 못박혀 죽으려고 끌려 나갔다. 그들은 짝을 지어 쇠사슬에 묶여 있었다. 그들의 수가 짝수가 아닌 탓에 바라바는 아무와도 쇠사슬에 매이지 않은 채 행렬 제일 뒤에서 따라갔다. 어떻게 하다 보니 이렇게 되었다. 이렇게 하여 또한 그는 십자가의 열에서 제일 먼 곳에 매달리게 되었다.

많은 사람들이 십자가형을 구경하러 왔다. 모두 다 죽기까지는 상당히 긴 시간이 걸렸다. 그러나 십자가에 매달린 사람들은 내내 서로 위로하며 희망적인 이야기를 나누었다. 바라바에게는 아무도 말을 건네는 사람이 없었다.

땅거미가 내리자 구경꾼들은 더 서 있기가 지루하여 집으로 돌아갔다. 그리고 그때는 이미 십자가에 매달린 사람들이 다 죽은 뒤였다.

오직 바라바만이 아직 살아서 거기 홀로 매달려 있었다. 그는 그가 늘 두려워하던 죽음이 닥쳐옴을 느끼자 어둠을 향해 말했다.

"당신께 내 영혼을 드립니다."

그리고 그는 숨을 거두었다.

작품 해설

소설《바라바》는 북유럽 문학의 거장 페르 라게르크비스트가 1950년에 발표한 20세기의 문제작으로, 스웨덴에서 출간되자마자 불어와 영어로 번역되었고 1951년에는 노벨 문학상을 수상하였다.

바라바는 예수가 대신 십자가에 못박혀 죽게 되어 가까스로 처형을 모면하고 석방된 산적이다. 석방된 후 바라바가 어떻게 되었는지에 대한 기록은 어느 곳에서도 찾을 수 없다. 그러나 라게르크비스트의 상상력은 2천여 년을 거슬러 올라가 예루살렘과 로마를 넘나들며 섬세하고 담담하게 그의 행적을 따라간다. 누구도 알지 못했던 바라바의 일생이 바로 독자의 눈앞에서 펼쳐지는 것이다.

이야기는 예수가 재판을 받아 골고다에서 처형을 당하는 장면에서 시작하여 바라바가 초기 기독교인들과 함께 로마에서 십자가에 못박혀 죽는 장면에서 끝이 난다. 라게르크비스트는 예수를 믿을 수도 없고 사랑할 수도 없는 비극적인 운명을 지닌 주인공의 내면을 따라가면서 신, 인간, 운명이라는 커다란 문제를 독특한 측면에서 바라본다.

이 작품의 배경은 초기 그리스도교의 성립기지만, 사실 이 작품은 현대인의 영혼이 갖는 비극성, 즉 신앙을 가질 수 없고 참된 사랑을 모르는 현대인의 비극성을 잘 보여준다. 라게르크비스트는 자신을 "신앙 없는 신자, 종교적 무신론자"라고 불렀는데 주인공 바라바 역시 이러한 방황과 회의에 빠져 있다.

바라바의 종교성은 그를 둘러싼 어둠이다. 미지의, 죽음을 뜻하는 두려운 어둠에 싸여 있는 그의 고독한 정신은 그가 겪는 물리적 어둠에 의해 더욱 뚜렷이 부각된다. 앙드레 지드는 이 소설에 대해 다음과 같이 말한 바 있다.

"《바라바》가 주목할 만한 소설임은 조금도 의심할 여지가 없다."

"작가 라게르크비스트는 현실과 믿음의 세계 사이에 있는 심연을 훌륭히 형상화했다."

"부활의 도그마가 몇몇 사람의 확실치 않은 증거로 인하여 아직 미신에서 신앙으로 완전히 비약하지 못하고 있던 시기에 '그리스도 문제'로 남몰래 고민하며 신비롭게 움트는 양심을 보여준다."

《바라바》의 줄거리는 다음과 같다.

모아브 지방의 한 여인이 산적들에게 납치되어 윤간을 당한 후 아버지가 누구인지 모르는 아이를 낳고 죽는다. 이렇게 저주받은 존재로 태어난 아이가 바로 바라바다. 그 역시 자라서 산적이 되는데, 엘리아후라는 두목이 자기 아버지인 줄도 모르고 결투 끝에 그를 죽여버린다.

소설은 십자가에 못박힐 죄수의 몸으로 지하 감옥에서 복역하던 바라바가 유대인의 유월절 특사로 석방되고 대신 예수가 골고다에서 처형당하는 데에서 시작된다. 석방된 바라바는 예수의 커다란 정신적 장(場)에 이끌려 예수가 처형당하는 광경을 자세히 지켜본다. 그러나 그는 예수한테서 느낀 힘이 무엇인지를 규명하지 못하며 다른 신자들처럼 예수의 부활과 구원을 쉽게 믿지 못한다.

바라바는 주로 하층 계급 사람들인 예수의 신자들과 접촉하면서 그 교리를 받아들이려고 하나 쉽사리 되지 않는다. 그는 여자와의 육체 관계에도 흥미를 느끼지 못하고, 다시 산으로 들어가지만 산적 노릇도 제대로 하지 않는다. 산굴 앞에 앉아 멍청히 먼 사막을 바라볼 뿐이었다. 이런 '재수 없는 태도'를 다른 산적들이 좋아할 리 없고 결국 바라바는 그곳을 떠나게 된다.

산적의 무리를 떠나 상당히 오랜 시간이 지난 뒤 바라바는 무슨 죄목으로 체포되었는지 몰라도 극악범에게 내리는 형벌인 유황 광산 갱도 노동을 하게 된다. 그는 쇠사슬에 함께 묶이게 된 예수의 신자 사하크 덕분에 살아 나가기 힘들다는 갱도에서 나와 지상으로 올라온다.

그러나 그의 친구 사하크는 신앙 때문에 결국 십자가에 못박혀 처형되고 바라바는 예수를 믿고는 싶으나 믿어지지 않는다며 신앙을 부정한다. 그 후 바라바는 이것이 친구 사하크를 배신한 것이라는 자책감에 고민한다.

은퇴한 총독을 따라 로마에 가게 된 바라바는 어느 날 로마 시내에서 불이 나자 기독교인들이 방화하는 줄 알고 그것을 도우려 불을 옮기다가 체포되어 다른 기독교인들과 함께 투옥된다. 그가 도와준 것은 결과적으로 기독교인이 아니라 기독교인을 처형하려고 연극을 꾸민 로마의 위정자들이었던 것이다. 그리하여 그는 기독교인들에게 멸시를 당한다.

이렇게 소외된 바라바는 처형장에서도 외따로 떨어져서 다른 사람들이 모두 죽은 뒤에도 홀로 남았다가 커다란 고독 속에서 그렇게도 두려워하고 피하려 했던 죽음을 맞이한다. 바라바는 어둠을 향하여 "당신께 내 영혼을 드립니다"라는 최후의 말을 남기고 숨을 거두는데, 이 수수께끼 같은 말에 대한 해석은 구구하다.

끝내 그의 신은 광명이 아니라 어둠이었던가?

옮긴이

170

페르 라게르크비스트 연보

1891년   남부 스웨덴의 벡시외에서 태어났다. 작은 마을에서 전통
          적인 종교 교육을 받으며 성장했다. 생의 대부분을 사회주
          의자로 살았으나 종교를 적대하지는 않았다.

1910년   스웨덴의 웁살라대학교에 입학했다.

1913년   파리로 건너가 입체파, 표현파 등의 미술 사조에 심취했다.
          프랑스에서 돌아온 뒤 표현주의 문학 이론 선언문 〈문학예
          술과 회화예술〉을 발표했다.

1916년   1차 세계대전과 개인적 위기에 대한 고뇌를 담은 시문집
          《분노》를 발표했다.

1924년   단편집 《잔혹한 이야기》를 발표했다.

1925년   자전적 소설 《현실의 손님》을 발표했다.

1927년   산문집 《패배한 삶》을 발표했다.

1933년	전체주의의 잔인함을 고발하고 히틀러를 풍자한 작품《형리》를 출간했다. 이 작품은 후에 연극으로도 만들어졌다.
1936년	《형리》에 이어 파시즘을 비판하는 희곡《혼 없는 사나이》를 썼다.
1939년	4막극《어둠 속에서의 승리》를 발표했다.
1940년	스웨덴 아카데미 회원으로 선출되었다.
1944년	악을 탐색한 풍자 소설《난쟁이》를 발표해 북유럽을 넘어 국제적인 관심을 받기 시작했다.
1950년	대표작《바라바》를 발표했다. 이 작품은 앙드레 지드를 비롯한 여러 작가에게 걸작이라는 평가를 받았다.
1951년	노벨문학상을 받았다. 이후 현대 양심의 가장 예리한 대변인이라는 세계 문단의 평가를 확고히 했다.
1956년	장편 소설《무녀》를 발표했다.
1960년	장편 소설《아하수에로의 죽음》을 발표했다.
1974년	83세의 나이로 스톡홀름에서 영면했다.

옮긴이 **한영환**

서울대학교 문리대 영문학과를 졸업하고, 연합통신 기자로 일했다. 옮긴 책으로
는 아그논의 《약혼녀》, 진 웹스터의 《키다리 아저씨》, 에릭 시걸의 《올리버 스토
리》 등이 있다.

바라바

1판 1쇄 발행 1975년 7월 30일
3판 1쇄 발행 2025년 4월 28일

지은이 페르 라게르크비스트 | 옮긴이 한영환
펴낸곳 (주)문예출판사 | 펴낸이 전준배
출판등록 2004. 02. 11. 제 2013-000357호 (1966. 12. 2. 제 1-134호)
주소 04001 서울시 마포구 월드컵북로 21
전화 02-393-5681 | 팩스 02-393-5685
홈페이지 www.moonye.com | 블로그 blog.naver.com/imoonye
페이스북 www.facebook.com/moonyepublishing | 이메일 info@moonye.com

ISBN 978-89-310-2487-6 04800
ISBN 978-89-310-2365-7 (세트)

• 잘못 만든 책은 구입하신 서점에서 바꿔드립니다.

문예출판사® 상표등록 제 40-0833187호, 제 41-0200044호

■ 문예세계문학선

★ 서울대, 연세대, 고려대 필독 권장 도서　▲ 미국대학위원회 추천 도서
● 《타임》 선정 현대 100대 영문 소설　▽ 《뉴스위크》 선정 세계 100대 명저

(뒷면 계속)